Klarant Verlag

Die gebürtige Ostfriesin ***Sina Jorritsma*** aus der Krummhörn studierte in Hamburg Germanistik und Philosophie, bevor sie wieder in ihre Heimat zurückkehrte. Sie veröffentlicht unter Pseudonym, weil sie ihre Umgebung genau beobachtet und Ereignisse aus ihrem Leben in ihre Geschichten einfließen. Das Romaneschreiben ist ihr kleines Geheimnis, das nur wenige Menschen kennen. Bei einer großen Kanne Ostfriesentee mit Sahne und Kluntjes kann sie halbe Nächte durchschreiben, tagsüber hält sie sich mit Joggen fit. Sina Jorritsma lebt mit ihrer Familie in einem kleinen Ort bei Emden.

Sina Jorritsma

Juister Brief

Ostfrieslandkrimi

Klarant Verlag

Klarant Verlag, www.klarant.de – www.ostfrieslandkrimi.de
ISBN: 978-3-96586-805-2
1. Auflage 2023
Umschlagabbildung: Klarant Verlag

Printed in the EU.

Kapitel 1

Kommissarin Antje Fedder ließ ihren Blick über den breiten hellen Strand ihrer Heimatinsel Juist schweifen. Es war der Morgen des 3. September, die Hauptreisezeit neigte sich dem Ende zu. Während der hektischen Sommermonate hatten sie und ihr Kollege Roland Witte Unterstützung durch zwei Polizisten vom Festland bekommen. Obwohl Juist keine Partyinsel war, ging es im Juli und August auch auf dem idyllischen »Töwerland« manchmal turbulent zu. Doch größere Probleme hatte es zum Glück nicht gegeben. Viele Situationen konnten durch Platzverweise und Verwarnungen entschärft werden.

»Was macht der denn da?«

Rolands Stimme riss sie aus ihren Überlegungen. Der große dunkelhaarige Kommissar deutete auf eine Gestalt, die am Spülsaum der Nordsee seltsame Verrenkungen ausführte. Die Person war noch zu weit entfernt, um Einzelheiten erkennen zu können. Antje zuckte mit den Schultern: »Vielleicht treibt er nur Frühsport.«

»Ja, vielleicht. Es könnten aber auch Drogen im Spiel sein. Wir sollten uns diese Gestalt mal näher anschauen«, meinte der Inselpolizist.

Antje lag die Frage auf der Zunge, warum Roland trotz der großen Distanz ein Rauschgiftdelikt vermutete. Sie schluckte die Bemerkung aber lieber herunter, anstatt sie zu äußern. Im Gegensatz zu ihr verließ Roland sich eher auf sein Bauchgefühl, wobei er oftmals richtig lag – vor allem bei herannahenden Gefahrensituationen. Außerdem war er nicht nur Antjes Kollege, sondern privat auch ihr Freund. Die beiden verstanden sich meistens gut. Es gab also keinen Grund, seinen Verdacht sofort in Zweifel zu ziehen.

Antje und Roland beschleunigten ihre Schritte. Sie entfernten sich vom trockenen Untergrund und liefen bald über den feuchten Sand des Spülsaums, über den sich die Gischt ergoss. Im Näherkommen bemerkte die Kommissarin, dass sie einen jungen Mann vor sich hatten. Er konnte nicht älter als Mitte zwanzig sein. Sein einziges Kleidungsstück war eine knielange Jeans, Schuhe oder ein Hemd suchte man bei ihm vergebens. Und er war völlig durchnässt, denn er tobte durch das knöcheltiefe Wasser, wobei er immer wieder hinfiel. Seine Bewegungen erinnerten Antje an den brasilianischen Kampftanz Capoeira. Sie hatte einmal eine Vorführung in Oldenburg gesehen. Doch im Gegensatz zu den eleganten Bewegungen der Sportler zappelte der junge Mann unkoordiniert herum.

Die Polizisten blieben einige Schritte von ihm entfernt stehen. Antje hatte nach dem Aufstehen eine frische Uniform angezogen. Sie wollte diese nicht gleich wieder in die Schmutzwäsche werfen. Und sie verspürte auch kein Bedürfnis, sich nach einer Stunde im Dienst schon umzuziehen.

»Moin, kommen Sie bitte mal her?«, rief sie dem Halbnackten zu.

»Komm du doch zu mir!«, lautete seine Antwort, wobei er sich bückte und Wasser in Antjes Richtung spritzte. Sie wurde nur deshalb nicht nass, weil sie schnell einige Schritte rückwärtssprang.

»Nicht auf die Tour, Freundchen!«, blaffte Roland. »Meine Kollegin hat dich freundlich gebeten, da musst du nicht gleich pampig werden!«

Antje warf ihrem Freund einen Seitenblick zu. Sie konnte ihm ansehen, dass er sich den Mann am liebsten sofort gegriffen hätte. Aber er hielt sich zurück, denn er wusste, wie wenig sie sein ungebetenes Eingreifen schätzte.

Jahrelang war die Kommissarin ganz allein für Sicherheit und Ordnung auf der kleinen Nordseeinsel zuständig gewesen. Es hatte keinen »Ritter in schimmernder Rüstung« gegeben, auf den sie sich bei Begegnungen mit rabiaten Badegästen verlassen konnte. Und trotzdem war es ihr immer gelungen, sich durchzusetzen. Es war zwar grundsätzlich ein gutes Gefühl, Rückendeckung zu haben. Trotzdem – sie hatte den Mann angesprochen, und deshalb wollte sie jetzt auch weitermachen.

»Wenn ich zu Ihnen komme, könnte es unangenehm für Sie werden«, warnte sie. »Ich mag es nämlich nicht, mit Wasser bespritzt zu werden.«

Der Mann schien gar nicht zugehört zu haben. Er wandte sich von den Polizisten ab und versuchte, mit ausgestreckten Gliedmaßen ein Rad zu schlagen. Das hätte vermutlich gut ausgesehen, wenn es ihm gelungen wäre – doch er strauchelte, vollführte einen Purzelbaum und geriet mit dem Kopf unter Wasser. Prustend kam er wieder hoch und rang nach Atem.

»Der ist völlig dicht«, stellte Roland fest. »Wir müssen ihn vor sich selbst schützen.«

»Das wird mir auch gerade klar.«

Mit diesen Worten stapfte Antje in die Brandung. Während das Nordseewasser ihre Uniformhose durchnässte, nahm sie den Mann in den Polizeigriff.

»Wehren Sie sich nicht, dann tut es auch nicht weh!«, rief sie ihm. Aber er leistete gar keinen Widerstand. Es war, als ob seine Arme aus Gummi wären. Oder war das ein besonders raffinierter Trick? Seine Knie gaben nach. Antje packte ihn nun im Rettungsgriff unter den Achseln.

»Ich hab mich so nach dir gesehnt«, murmelte der Mann. Er fügte hinzu: »Ich habe den Toten erblickt.«

Sein Kopf sackte in ihre Richtung. *Nach mir gesehnt? Und was für ein Toter?,* dachte die Polizistin. Sie führte sich vor Augen, dass der Kerl vermutlich völlig berauscht war. Er sah in ihr einfach nur eine blonde Frau mit hochgesteckten Haaren – wenn überhaupt. Vielleicht wurden seinem Gehirn Halluzinationen vorgegaukelt. Sie spannte ihre Muskeln an, um den Mann nicht einfach ins Meer fallen zu lassen. Ihr wurde nun bewusst, dass er mindestens zwanzig Kilo mehr als sie selbst wog. Sein Körperbau war muskulös, er hatte wenig Fett am Körper. Roland erkannte, dass Antje ihn kaum noch halten konnte.

»Ich nehme die Beine.«

Mit diesen Worten kam ihr Freund ihr zu Hilfe, bevor sie darum bitten konnte. Gemeinsam schafften sie den Mann auf einen trockenen Strandabschnitt und drehten ihn in eine stabile Seitenlage. Die Kommissarin stellte fest, dass er inzwischen das Bewusstsein verloren hatte. Sie kräuselte ihre Nase: »Nach Alkohol riecht er schon mal nicht.«

Roland nickte. Er telefonierte bereits mit einem der Badeärzte, die auf Juist praktizierten. Der Polizist schilderte die Lage und erklärte, wo genau sie sich am Strand befanden: »Wir sind ungefähr auf Höhe vom *Café del Mar*.«

Er steckte das Handy wieder weg und wandte sich an Antje: »Der Doc wird in ein paar Minuten hier sein.«

Die Polizistin kniete neben dem Ohnmächtigen und erwiderte: »Sein Puls ist ziemlich schwach. Solange wir nicht wissen, was er geschluckt hat, können wir nichts tun.«

Wenig später ertönte ein lautes Motorengeräusch – höchst ungewohnt auf der autofreien Insel Juist. Hier hatten nur die Ärzte und die Feuerwehr ein mit Benzin betriebenes Fahrzeug. Und eine Ambulanz gab es natürlich auch. Eine Autotür wurde zugeschlagen, und wenig später kam der

Arzt mit seiner Tasche durch den weichen Sand gehetzt. Die Beamten traten zur Seite, um ihn seine Arbeit tun zu lassen.

Kurze Zeit später blickte er auf und sagte: »Dieser Mann muss Diabetiker sein. Ich vermute, dass er unterzuckert ist und deshalb verwirrt war.«

»Ein Zuckerkranker? Woran sehen Sie das?«, fragte die Polizistin. Der Mediziner deutete wortlos auf den blauen Ring, den der Mann an einem Kettchen um den Hals trug. Antje ärgerte sich über sich selbst, weil sie das internationale Symbol für die Krankheit Diabetes nicht erkannt beziehungsweise nicht richtig eingeordnet hatte.

»Wir bringen den Patienten in meine Praxis«, entschied der Arzt, »wenn sich seine Insulinwerte normalisiert haben, wird es ihm schon bald besser gehen.«

Er alarmierte die Ambulanz, die wenig später beim *Café del Mar* eintraf. Mit vereinten Kräften schafften sie den Kranken zum Fahrzeug. Er war inzwischen wieder zu sich gekommen und murmelte unverständliche Worte vor sich hin. Antje fragte ihn mehrfach nach seinem Namen und seiner Urlaubsadresse, erhielt aber keine brauchbare Antwort.

Die Polizisten schauten dem Rettungswagen hinterher, der zur Arztpraxis fuhr. Ein Krankenhaus gab es auf der kleinen Insel nicht. Wer in einem Hospital behandelt werden musste, wurde in dringenden Fällen ausgeflogen oder begab sich bei geplanten Operationen per Fähre aufs Festland. Das »Töwerland« war eben eine sehr überschaubare Welt für sich – mit allen Vor- und Nachteilen, die dieser Zustand mit sich brachte. Antje nahm ihre Dienstmütze ab und klopfte etwas Sand von ihrer Uniform. Die Hose war bis zu den Knien durchnässt, die feinen Körner klebten am Stoff.

»Ich will mich umziehen«, sagte sie, »danach können wir versuchen, die Identität unseres jungen Freundes zu ermitteln. Oder wir warten einfach, bis er wieder bei klarem Verstand ist.«

Roland blickte an sich herab und erwiderte: »Ja, ich will auch nicht als Schandfleck der Juister Polizei durch die Gegend laufen. - Ich komme dann zur Wache, wenn ich wieder vorzeigbar bin.«

Da auch der Kommissar ins Meer hatte waten müssen, war seine Uniform ebenfalls in einem fragwürdigen Zustand.

Die Wege der beiden trennten sich nun zunächst. Obwohl sie ein Liebespaar waren, lebten sie nicht zusammen. Antje hatte sich in der Dienstwohnung im ersten Stockwerk über der Polizeistation häuslich eingerichtet. Roland hingegen war Dauergast in einer kleinen Frühstückspension. Da sie den ganzen Tag lang gemeinsam Dienst hatten und auch die Freizeit größtenteils gemeinsam verbrachten, brauchten sie einen Rückzugsraum für sich allein. Jedenfalls tat es ihrer Beziehung gut, nicht rund um die Uhr zusammen zu sein.

Auf dem Weg zur Carl-Stegmann-Straße dachte sie über die Begegnung mit dem Diabetiker nach. Konnte man seine Bemerkung über den Toten für bare Münze nehmen? Oder handelte es sich um eine Halluzination, die ihm in seinem unterzuckerten Zustand einen Streich gespielt hatte? Immerhin war er ja auch von Sehnsucht nach der blonden Polizistin erfüllt gewesen, obwohl er sie gar nicht kannte. Sie schloss die Wache auf, eilte hoch ins erste Stockwerk und tauschte ihre durchgeweichten Klamotten in eine frische Uniform. Als sie sich wieder vorzeigbar fühlte, klingelte es an der Tür. Roland konnte es nicht sein. Erstens hatte er einen Schlüssel, und zweitens war ihm bekannt, dass man die Tür zur Polizeistation während der

Dienstzeiten einfach aufdrücken konnte. Urlaubern, die noch nie mit den Inselbeamten zu tun gehabt hatten, wussten dies natürlich nicht.

Antje machte auf. Draußen stand eine Frau, die schätzungsweise in ihrem Alter war – also Anfang dreißig. Das Haar der Besucherin war etwas dunkler als das der hellblonden Polizistin. Bekleidet war die Frau mit einer hellen Leinenhose und einer blauen Windjacke - typische Freizeitkleidung, die man bei vielen Juist-Urlaubern sah. Die Kommissarin ging davon aus, dass ein Feriengast vor ihr stand. Als echtes Inselkind kannte sie alle ständigen Einwohner des Eilands, zumindest vom Sehen. Die Frau machte einen sehr angespannten Eindruck, was nicht erstaunlich war. Wer bei der Polizei Hilfe suchte, hatte meist ein ernsthaftes Problem.

»Moin, ich bin Kommissarin Fedder. Was kann ich für Sie tun?«

»Guten Morgen, mein Name ist Paula Brune. Ich verbringe hier auf Juist meinen Urlaub, gemeinsam mit meinem Freund und meinem Bruder. Und Leo – also mein Bruder – ist verschwunden! Ich muss eine Vermisstenanzeige aufgeben.«

»Treten Sie bitte näher«, erwiderte Antje und gab die Tür frei. Dann lotste sie Paula Brune zu ihrem Schreibtisch und bot ihr den Besucherstuhl an. Währenddessen musterte sie die Melderin unauffällig. Gab es eine gewisse Familienähnlichkeit mit dem jungen Mann am Strand?

Bevor Antje sich weiter darüber den Kopf zerbrechen konnte, sagte Paula Brune: »Es ist wirklich sehr dringend! Sind Sie allein hier auf der Wache? Können Sie überhaupt eine erfolgreiche Suche durchführen? Leo ist nämlich Diabetiker, und er …«

Die Polizistin stoppte den Redefluss mit einer Handbewegung und entgegnete lächelnd: »Sie können beruhigt sein, Frau Brune. So, wie es aussieht, haben mein Kollege und ich Ihren Bruder bereits gefunden. Er war am Strand und machte einen verwirrten Eindruck. Der Arzt hat die Zuckerkrankheit bereits erkannt und behandelt den Patienten entsprechend. - Können Sie mir sagen, was ihr Bruder anhatte, als er fortging?«

»Ich habe ihn heute Morgen noch nicht gesehen. Vielleicht trägt er eine Jeansshorts, das ist im Sommer seine Lieblingshose. - Leo ist so ein Schussel, er weiß genau, dass er nicht in die Unterzuckerung geraten darf.«

Antje nickte und fragte: »Wie würden Sie Leo beschreiben?«

Paula Brune schilderte genau den Mann, der noch vor kurzem verwirrt durch die Brandung getobt war. Sie vergaß auch nicht, den blauen Ring um seinen Hals zu erwähnen. Nun erschien auch Roland wieder auf der Wache. Antje stellte ihren Kollegen vor und sagte: »Wir können Sie gleich zu der Arztpraxis bringen, in der Leo behandelt wird.«

»Mir fällt ein Stein vom Herzen«, sagte Paula Brune erleichtert. Sie fügte hinzu: »Ehrlich gesagt hatte ich nicht gehofft, so schnell und effektiv Hilfe von Ihnen zu bekommen.«

Darüber war Antje nicht erstaunt; sie hatte schon oft erlebt, dass sie und Roland unterschätzt wurden, weil sie auf einem idyllischen Eiland mit sehr wenig Kriminalität ihren Dienst taten. Doch so mancher Ganove hatte sein blaues Wunder erlebt, wenn ihm seine Straftaten durch die Inselpolizisten zweifelsfrei nachgewiesen werden konnten.

Antje hatte sich bereits von ihrem Schreibtischstuhl erhoben und wollte gemeinsam mit Roland und Paula Brune die Wache verlassen, als die Eingangstür aufgestoßen wurde. Swantje Reller kam hereingetaumelt. Die Kommissarin kannte die Postzustellerin seit einigen Jahren. Sie war eine fröhliche Frau in den Vierzigern, die immer ein freundliches Wort für die Einheimischen und Touristen hatte. In diesem Moment wirkte die Briefträgerin jedoch völlig verstört. Da sie Tag für Tag mit dem Fahrrad Briefe und Päckchen an die Adressaten brachte, verfügte sie über einen gebräunten Teint. Doch beim Betreten der Polizeistation war ihre Gesichtsfarbe so weiß wie ein Blatt Papier. Sie erblickte zuerst Antje – und zuckte zusammen, als sie die Frau neben der Kommissarin sah.

»Was ist passiert, Swantje?«, wollte die Polizistin wissen. Die Postzustellerin deutete mit zitterndem Zeigefinger auf Paula Brune: »Ich habe einen Leichnam gefunden – in ihrem Ferienhaus!«

Kapitel 2

Paula Brune rang nach Luft.

»Ist das Ihr spezieller Juister Humor? Falls Sie einen Scherz machen wollten, kann ich jedenfalls nicht darüber lachen«, stieß sie hervor. Roland trat neben die Briefträgerin, nahm ihren Arm und führte sie zu einem Stuhl. Das war zweifellos sinnvoll, sie schien nämlich kurz vor einem Kollaps zu stehen.

»Du setzt dich am besten erst einmal hin, dann bringe ich dir etwas zu trinken – und du erzählst uns, was genau geschehen ist«, sagte der Kommissar mit beruhigender Stimme. Paula Brune hatte die Arme vor der Brust verschränkt, ihre Körpersprache drückte Ablehnung aus: »Diese Frau scheint während der Arbeit zu trinken, Sie sollten bei ihr einen Alkoholtest machen!«

Antje konnte es nicht ausstehen, wenn ihr jemand vorschreiben wollte, wie sie ihre Aufgaben zu erledigen hatte. Außerdem kannte sie Swantje lange genug, um zu wissen, dass die Postbedienstete während ihrer Zustelltour außer Wasser oder Tee nichts Flüssiges zu sich nehmen würde.

»Überlassen Sie die polizeilichen Maßnahmen bitte uns, Frau Brune. - Also, wo genau befand sich der Tote, Swantje?«

Die Briefträgerin hatte einige Schlucke von dem Mineralwasser getrunken, das der Kommissar ihr gebracht hatte. Sie antwortete: »Im Wohnzimmer des Ferienhauses. Der Mann lag auf dem Boden. Ich wollte Erste Hilfe leisten, aber ich konnte keinen Puls mehr fühlen.«

»Wie kommen Sie dazu, einfach in das Haus einzudringen?«, fauchte Paula Brune.

»Ich habe ein Einschreiben mit Rückantwortschein, das ich zustellen muss«, erwiderte Swantje, »Nachdem ich geklingelt hatte und niemand öffnete, merkte ich, dass nicht abgeschlossen war. Also ging ich hinein.«

Für viele Menschen vom Festland war es nicht nachvollziehbar, dass zahlreiche Insulaner ihre Türen offen ließen. Zwar hatte die Kriminalität auch auf dem »Töwerland« in den letzten Jahren zugenommen, aber im Vergleich zu deutschen Großstädten lebten die Juister immer noch in einem sicheren Paradies. Die Kommissarin fragte weiter: »Kennst du den Mann, den du gefunden hast?«

»Ja, ich hatte gestern schon für ihn eine Einschreibsendung. Er musste mir seinen Personalausweis zeigen, damit ich ihm den Brief geben durfte. Er heißt Sönke Nieburg«, erklärte die Postbotin.

»Das ist völlig unmöglich!« Mit diesen Worten fuhr Paula Brune dazwischen. Sie wirkte nun eher verängstigt als wütend, und fügte hinzu: »Sönke ist mein Freund. Es ging ihm gut, als ich zur Polizeiwache aufgebrochen bin. Er wollte Frühstück machen ...«

Ihre Augen füllten sich mit Tränen. Nun tat es Antje leid, dass sie die Frau kurz zuvor so angeraunzt hatte. Sie wollte eine weitere Frage stellen, aber ihr Kollege kam ihr zuvor: »Warum bist du gleich zu uns gekommen, Swantje? Wäre es nicht besser gewesen, erst einen Arzt zu holen? Vielleicht kann man die Person noch wiederbeleben.«

»Das habe ich auch gedacht, Roland. Aber es kam mir so vor … als ob ihn jemand umgebracht hätte. Und er hat sich überhaupt nicht mehr gerührt, ehrlich! - Für Sie habe ich übrigens auch eine Einschreibsendung!«

Mit diesen Worten wandte Swantje Reller sich an Paula Brune. Es war, als würde sie sich plötzlich wieder auf ihre beruflichen Pflichten besinnen, denn sie zog bereits einen Brief aus ihrer Umhängetasche mit dem Posthorn.

Paula Brune schaute die Zustellerin an, als ob diese den Verstand verloren hätte: »Glauben Sie, ich lese jetzt einen Brief, während mein Freund ...«

Ihre Stimme erstarb. Antje ahnte ohnehin, was sie hatte sagen wollen. Ob es einen Zusammenhang zwischen der Einschreibsendung des Vortags und Nieburgs Tod gab? Stammte vielleicht der Brief an Paula vom selben Absender? Die Kommissarin stellte klar: »Ich beschlagnahme dieses Schreiben, bis die Lage geklärt ist. Wir werden jetzt direkt zum Ferienhaus fahren. - Gib mir bitte den Brief, Swantje!«

Die Zustellerin überreichte Antje ein Kuvert. Die Polizistin schaute es nicht näher an, sondern tat es sofort in einen Beutel für Beweisstücke. Noch stand nicht fest, ob überhaupt ein Verbrechen geschehen war. Für Sönke Nieburgs Tod konnte es auch eine natürliche Ursache geben.

Swantje Rellers Zustand schien sich jedenfalls innerhalb weniger Minuten so sehr gebessert zu haben, dass man nicht mehr mit einer Ohnmacht rechnen musste. Antje wandte sich an die Zustellerin, während sie ihr den Erhalt des Schreibens quittierte: »Wir werden deine Aussage später aufnehmen, jetzt schauen wir erst einmal im Ferienhaus nach dem Rechten.«

»Und ich komme mit!«, rief Paula Brune, doch dann zögerte sie plötzlich: »Mein Bruder … um ihn muss ich mich ja auch noch kümmern.«

»Momentan ist er in guten Händen«, versicherte Roland. Antje führte sich vor Augen, dass Leo Brune laut seinen eigenen Worten einen Toten gesehen haben wollte. Sie hatte diese Behauptung bisher nicht ernst genommen, ebenso wenig wie seine Sehnsucht nach ihr. Aber vielleicht war der zuckerkranke junge Mann ein wichtiger Zeuge? Er musste unbedingt befragt werden, wenn er wieder bei Sinnen war.

Pauls Brune wirkte unschlüssig. Antje legte den Arm um ihre Schultern und sagte: »Wir fahren jetzt zum Ferienhaus, und danach kümmern wir uns um Leo. Einverstanden?«

Die Antwort bestand aus einem Nicken. Swantje wollte ihre Zustelltour fortsetzen und versprach, später wieder auf der Wache vorbeizuschauen. Es wunderte die Kommissarin nicht, dass die Briefträgerin sich so schnell von dem Schock erholt hatte. Die Inselfriesen waren ein besonderer Menschenschlag. Antje erinnerte sich an einen Orkan, bei dem die Dachziegel dutzendweise auf die Juister Straßen knallten. Auch bei diesem üblen Wetter hatte Swantje seinerzeit die Einwohner mit ihrer Post versorgt. Allerdings hatte sie ihr Dienstrad schieben müssen, weil es durch die Böen sofort umgeweht worden wäre.

Die Polizisten wussten nicht, wo sich das Ferienhaus befand, in dem Swantje den makabren Fund gemacht hatte. Also folgten sie Paula Brune, die mit einem Fahrrad unterwegs war. Viele Vermieter von Urlaubsunterkünften boten ihren Gästen Leihräder an, und natürlich gab es auch professionelle Radvermietungen. Paula Brune fuhr ein Stück weit die Deichstraße hoch, bis sie vor einem Objekt in die Bremsen stieg. Antje kannte den Besitzer dieses Hauses, ihm gehörten noch zwei weitere Ferienimmobilien auf der Insel. Die Kommissarin blieb dicht hinter Paula. Sie wollte verhindern, dass die Frau Beweisstücke verschwinden ließ oder Spuren vernichtete. Die Freundin des Verstorbenen wirkte bisher von seinem Tod völlig überrascht, aber vielleicht war sie einfach eine gute Schauspielerin. So etwas hatte die Polizistin zumindest schon erlebt. Roland stieg ebenfalls aus dem Sattel und folgte seiner Freundin ins Haus.

Paula Brune stieß einen schrillen Schrei aus. Im Wohnzimmer gab es einen Kamin, der allerdings momentan nicht befeuert wurde. Ansonsten war der Raum mit einer modernen Couchgarnitur und einem Schränkchen gemütlich eingerichtet. An der Wand hing ein großes gerahmtes Foto, das einen Fischkutter auf offener See vor dem Hintergrund der untergehenden Sonne zeigte. Doch Antjes Aufmerksamkeit galt jetzt ganz dem Mann, der tot zu Paula Brunes Füßen lag. Die Kommissarin betrachtete ihn näher, während sie sich neben Paula stellte. Sönke Nieburg – um den es sich offenbar handelte – war schätzungsweise Anfang sechzig gewesen, bevor er gewaltsam aus dem Leben gerissen wurde. Eine offene Wunde konnte die Polizistin auf den ersten Blick nicht erkennen. Dennoch fiel es ihr schwer, an einen natürlichen Tod zu glauben. Sie hatte nämlich an den Fingerspitzen seiner rechten Hand ein weißes Pulver entdeckt. Im ersten Moment dachte sie an Kokain. Sollte er an einer Überdosis gestorben sein? Sie schaute sich im Wohnzimmer um. Nichts deutete auf Drogenmissbrauch hin. Falls der Mann wirklich süchtig gewesen war, würde sich dies bei der Obduktion nachweisen lassen. Außerdem – wo sollte er das Rauschgift konsumiert haben? Auf dem Couchtisch waren keine Reste zu sehen.

Sie warf Roland einen Blick zu und hoffte, dass er ihre stumme Bitte verstand: *Schau dich in den anderen Zimmern um!* Er nickte fast unmerklich und ging hinaus. Paula löste sich aus ihrer Erstarrung und wollte sich zu dem Toten hinunterbeugen, aber Antje hielt sie zurück: »Bitte berühren Sie die Leiche nicht, wir sollten ...«

»Die *Leiche*? Sie reden von meinem Freund, Sönke Nieburg! Für sie ist er natürlich nur ein Stück totes Fleisch«, regte Paula sich auf. Sie gehörte offenbar zu den Menschen, die leicht auf die Palme zu bringen waren.

Antje schüttelte den Kopf und erklärte: »Nein, so ist das nicht. Natürlich betrachten Sie den Verstorbenen mit anderen Augen als mein Kollege und ich es tun. - Obwohl wir gerade eben erst eingetroffen sind, muss ich jetzt schon von einem Tötungsdelikt ausgehen.«

Diese Vermutung schien Paula zu überraschen. Sie wirkte verblüfft, als sie fragte: »Wie kommen Sie darauf, Frau Fedder? Diese Postbotin hat ja auch so etwas in der Richtung gefaselt, aber die hat offenbar eine blühende Fantasie.«

»Ich kann gleich darauf antworten, aber zunächst benötige ich noch Informationen von Ihnen, Frau Brune. - Litt Ihr Freund unter Vorerkrankungen?«

»Sönke war herzkrank, aber sein Hausarzt hat ihn medikamentös gut eingestellt und er wurde regelmäßig untersucht«, sagte Paula.

»Nahm Sönke Drogen?«, wollte die Kommissarin wissen. Die Freundin des Toten schüttelte heftig den Kopf: »Nein, das ist völlig absurd! Sehen Sie ihn doch an – sieht so ein Junkie aus?«

Sönke Nieburg wirkte in seiner hellgrauen gebügelten Freizeithose und dem dunkelblauen Baumwollpullover keineswegs ungepflegt. Seine Füße steckten in dunklen Socken und schwarzen Slippern. Außerdem ging von ihm ein dezenter Aftershave-Duft aus. Der Unterschied zwischen ihm und den Elendsgestalten, die durch deutsche Innenstädte geisterten, hätte größer nicht sein können. Antje wusste allerdings, dass in allen Gesellschaftsschichten Rauschgift konsumiert wurde. Aber sie ging jetzt ohnehin nicht davon aus, dass Betäubungsmittel im Spiel waren.

Roland kehrte ins Wohnzimmer zurück. Er sagte: »Ich habe keine Hinweise auf Drogenkonsum gefunden.«

Paula lachte, was sich ziemlich hysterisch anhörte: »Natürlich nicht! Sind Sie beide komplett verrückt geworden? Warum hätte Sönke Rauschgift nehmen sollen?«

Roland deutete wortlos auf das weiße Pulver an den Fingerspitzen des Toten. Also hatte auch er diese Spur entdeckt, worüber Antje sich nicht wunderte. Der Kommissar war ein ausgezeichneter Beobachter – vor allem, wenn es darum ging, einen Tatort in Augenschein zu nehmen.

»Was hat das zu bedeuten?«, fragte Paula entgeistert. Roland telefonierte bereits mit einem Arzt, damit die Leiche von einem Mediziner in Augenschein genommen wurde. Antje antwortete: »Ich habe den Verdacht, dass Ihr Freund per Brief vergiftet wurde. - Haben Sie die Einschreibsendung gesehen, die er gestern bekommen hat?«

»Nein, Sönke hat das Kuvert in meiner Gegenwart nicht geöffnet. Er meinte, dass es sich um einen ehemaligen Geschäftskontakt handelte, der ihm wieder auf die Nerven gehen wollte«, erwiderte Paula. Sie fuhr fort: »Er hat den Brief gestern beiseitegelegt, und ich habe bis vorhin nicht mehr daran gedacht. - Wie ist es denn möglich, einen Menschen per Brief zu töten?«

»Es gibt Substanzen, die in hoher Konzentration absolut tödlich sind – wenn sie beispielsweise durch Hautkontakt aufgenommen werden. Hinzu kommt, dass Ihr Freund offenbar nicht kerngesund war. Ich kann nicht beurteilen, ob er durch seine Vorerkrankung besonders gefährdet war. - Bisher handelt es sich um eine Vermutung, mehr nicht.«

Paula erschrak sichtlich. Sie hielt sich die flache Hand vor den Mund und stammelte: »Dieses Einschreiben an mich – glauben Sie, dass ich als Nächste sterben soll?«

»Wir werden den Brief untersuchen lassen«, versicherte Antje, »und solange Sie sich auf Juist befinden, werden wir Sie beschützen.«

Die Kommissarin hatte allerdings nicht vor, das Kuvert selbst zu öffnen. Die kleine Inselwache verfügte nicht über die Mittel für eine solche Untersuchung. Das war eine Aufgabe für die Spezialisten im kriminaltechnischen Labor Oldenburg. Dort konnte man mit entsprechender Schutzausrüstung eine Analyse vornehmen.

Es klingelte an der Tür. Roland öffnete. Ein Arzt trat grüßend ein. Es war ein anderer Mediziner als der, in dessen Praxis Leo Brune behandelt wurde. Der Polizist teilte ihm kurz die bisher bekannten Fakten mit und wies auf den Verdacht einer Vergiftung hin. Während der Doktor sich mit Handschuhen und einer FFP2-Maske schützte und dann mit der Untersuchung begann, ging Antje mit Paula in die Küche hinüber. Dort deutete nichts darauf hin, dass Sönke Nieburg schon mit den Frühstücksvorbereitungen begonnen hatte. War er nicht mehr dazu gekommen oder hatte er etwas anderes vorgehabt? Die Kommissarin führte sich vor Augen, dass das Opfer schon komplett bekleidet und rasiert war. Dies musste jedoch nicht unbedingt etwas zu bedeuten haben.

»Wann haben Sie das Haus verlassen, Frau Brune?«, fragte Antje.

»Das muss so gegen Viertel vor zehn gewesen sein«, lautete die Antwort. »Ich habe gesehen, dass Leo nicht in seinem Zimmer und auch sonst nirgendwo im Haus gewesen ist. Sönke wusste auch nicht, wo mein Bruder sich herumtreiben könnte. Es sah nicht danach aus, dass Leo sich sein Insulin gespritzt hätte. Also beschloss ich, lieber gleich zur Polizei zu gehen.«

»Da hat Ihr Freund also noch gelebt.«

»Ja, Frau Fedder. Er muss diesen verfluchten Brief geöffnet haben, während ich bei Ihnen war. Warum hat er das nur getan, wenn es sich nur um einen ehemaligen Geschäftskontakt handelte?«

Das wüsste ich auch gern, dachte die Polizistin. Sie fragte: »Fällt Ihnen jemand ein, der Ihrem Freund oder auch Ihnen nach dem Leben trachten könnte?«

»Da fällt mir Sönkes Ex-Frau Birgit ein«, erwiderte Paula Brune. »Sie hat wahrscheinlich immer noch darauf gehofft, dass mein Freund sie zurücknimmt. Sie konnte sich mit der Scheidung nie abfinden und hat mich offen bedroht. Sie sagte, es würde mir noch leidtun, ihre Ehe zerstört zu haben. Dabei kann doch niemand etwas für seine Gefühle, oder? Ich hätte mir vor einigen Jahren nie träumen lassen, dass ich mich einmal in einen älteren Mann verlieben würde.«

Antje hatte bereits ihr Notizbuch zur Hand und notierte den Namen Birgit Nieburg – falls die Dame nicht wieder ihren Mädchennamen angenommen hatte. Auf jeden Fall mussten die Kommissare überprüfen, ob sie sich auf der Insel befand. Antje kam auf einen anderen Punkt zurück: »Wann könnte Leo das Haus verlassen haben?«

Paula behauptete: »Ich weiß es nicht. Ich habe nichts davon mitbekommen, denn ich hätte ihn schon daran gehindert. Manchmal verleugnet er seine Krankheit, und wenn er dann so unterzuckert ist, nimmt er seine Umgebung nicht richtig wahr.«

Antje hatte im Lauf der Jahre einen sechsten Sinn dafür entwickelt, wenn sie belogen wurde. Sie hätte schwören können, dass Paula ihr zumindest etwas verschwieg. Noch gab es dafür allerdings keinen Beweis, also behielt die

Kommissarin ihren Verdacht einstweilen für sich. Nun kam Roland zu den beiden Frauen in die Küche. Er trug Latexhandschuhe und hielt einen Beutel für Beweisstücke in den Händen. Darin befand sich ein Kuvert.

»Ich habe den Umschlag entdeckt, der an Ihren Freund gerichtet war«, erklärte der Polizist. »Er befand sich im Kamin.«

Hatte Nieburg das Schreiben verbrennen wollen und war nicht mehr dazu gekommen? Trat der Tod so plötzlich ein? Und warum hätte es ihm so wichtig sein können, den Umschlag zu vernichten? Ob er ihn vor Paula hatte verbergen wollen? Warum hatte er es vermieden, ihn in ihrer Gegenwart zu öffnen? Je länger Antje über Nieburgs rätselhaften Tod nachdachte, desto mehr Fragen drängten sich ihr auf.

Der Arzt betrat nun ebenfalls die Küche und erklärte: »Der Tote weist Vergiftungssymptome auf, bei der Substanz an seinen Fingerspitzen könnte es sich um Rizin handeln. Diese Substanz kann schon in geringen Dosen tödlich wirken.«

»Wann ist das Opfer verstorben?«, wollte die Kommissarin wissen.

»Innerhalb der letzten zwei bis drei Stunden«, lautete die Antwort. »Genaueres lässt sich erst nach der Obduktion sagen.«

Antje nickte und warf Paula einen prüfenden Blick zu. Viele Angehörige fanden es befremdlich, dass eine Leichenschau vorgenommen werden musste. Doch die Freundin des Ermordeten schien sich nach ihrem ersten Schock damit abgefunden zu haben, dass Nieburg nun nicht mehr lebte. In diesem Moment wirkte sie gefasst, zumindest äußerlich. Ihre Augen waren vom Weinen noch leicht gerötet, aber ihre Stimme hörte sich klar und energisch an. Vermutlich sammelte sie ihre Kraft, um für ihren Bruder da sein zu können.

Während der Arzt einen vorläufigen Totenschein ausstellte, sagte die Polizistin: »Frau Brune, das Ferienhaus ist jetzt ein Tatort. Daher können Sie vorübergehend nicht hier wohnen. Gibt es einen anderen Ort, an dem Sie unterkommen können?«

»Darüber habe ich mir noch keine Gedanken gemacht, Frau Fedder. Ich möchte jetzt gern Leo sehen.«

»Die Bürgermeisterin könnte wissen, ob es momentan noch Übernachtungsmöglichkeiten auf der Insel gibt«, schlug Roland vor, »sie hat einen direkten Draht zur Touristeninformation.«

Antje wusste nicht recht, was sie von dieser Idee halten sollte. Ihr Verhältnis zur Juister Bürgermeisterin Silke Meester war zwiespältig. Einerseits handelte es sich bei der Amtsträgerin um die Freundin von Antjes Vater Tjark Fedder, dem das Lokal *Juister Kajüte* gehörte. Silke und Tjark schienen glücklich miteinander zu sein, worüber Antje sich natürlich freute. Andererseits ging ihr die übertrieben besorgte Art der Bürgermeisterin auf den Wecker. Silke Meester neigte nämlich dazu, aus einer Mücke einen Elefanten zu machen und sich immer wieder ungefragt in die Polizeiarbeit einzumischen. Ein Gewaltverbrechen auf der idyllischen Insel würde die Amtsträgerin erfahrungsgemäß wieder durchdrehen lassen. Von daher war es vielleicht gar kein schlechter Einfall, sie von Beginn an in die Lösung des Rätsels einzubinden.

Antje hatte dem Arzt schon mitgeteilt, dass Paulas Bruder sich in der Praxis des anderen Mediziners befand. »Ich kann Sie dorthin mitnehmen«, bot der Doktor Paula Brune an.

»Das ist sehr freundlich von Ihnen«, erwiderte sie.

Antje ergänzte: »Und wir werden die Bürgermeisterin bitten, sich wegen einer vorübergehenden Unterkunft für Sie und Ihren Bruder umzuhören. Sie wird dann ebenfalls in der Arztpraxis vorbeischauen.«

Auch dafür erwies Paula Brune sich als dankbar. Antje bat sie um ihre Mobilnummer, bevor Leos Schwester gemeinsam mit dem Mediziner das Ferienhaus verließ.

»Du bist nicht sauer, weil ich Silke mit ins Boot geholt habe?«, vergewisserte Roland sich. Die Kommissarin schüttelte den Kopf: »Nee, das ist schon besser so. Im ersten Moment war ich nicht angetan davon, aber wir können ja doch nicht verhindern, dass sie von dem Mord erfährt und dann wieder Hektik entfaltet. Außerdem hat sie uns ja kürzlich bei einer Ermittlung wirklich geholfen.«

»Ich kann es jedenfalls übernehmen, Silke zu informieren«, bot der Kommissar an. Damit war Antje einverstanden.

Während er mit der Bürgermeisterin telefonierte, betrachtete sie den Briefumschlag in dem Beutel für Beweisstücke genauer. Sowohl Absender als auch Empfängeradresse waren maschinengeschrieben. Angeblich hatte ein gewisser M. Rose aus der Goethestraße 99 in Saarbrücken die Einschreibsendung mit der tödlichen Substanz aufgegeben. Ob diese Person überhaupt existierte? Das würde sich hoffentlich schnell herausfinden lassen. Roland hatte nur das Kuvert im Kamin entdeckt, nicht aber den eigentlichen Brief. Oder war in dem Umschlag ausschließlich das giftige Pulver gewesen? Aber warum hätte Nieburg hineingreifen sollen, wenn sich gar kein Anschreiben im Kuvert befand?

Bevor Antje genauer über diese Frage nachdenken konnte, hatte ihr Kollege sein Telefonat beendet. Er sagte: »Silke ist natürlich wieder sehr beunruhigt, will sich aber um eine Bleibe für das Geschwisterpaar kümmern. - Ich hole gleich mal den Tatortkoffer, damit wir Spuren sichern können. Aber vorher will ich dir noch zeigen, dass Paula Brune uns zumindest teilweise verschaukelt.«

»Wie meinst du das, Roland?«

»Folge mir einfach, Antje.«

Er ging voraus und stieg die Treppe ins erste Stockwerk hoch. Dort befanden sich mehrere Räume. In einem Schlafzimmer deutete Roland auf das Doppelbett. Die Kommissarin begriff sofort, worauf er hinauswollte: Nur eine Hälfte war benutzt worden, und zwar vermutlich von Sönke Nieburg. Dort lag nämlich ein Herrenpyjama. Das andere Bett war unberührt. Paula Brune hatte offenbar nicht in dem Ferienhaus übernachtet.

Kapitel 3

Antje zögerte einen Moment lang, dann sagte sie: »Vielleicht hat Paula ja ein anderes Zimmer benutzt – beispielsweise, weil ihr Freund geschnarcht hat. Dieses Ferienhaus bietet eigentlich Platz für insgesamt acht Personen.«

»Daran habe ich auch gedacht«, erwiderte Roland, »aber das einzige andere in Gebrauch befindliche Zimmer wird offenbar von Leo belegt. Zumindest stammen die Textilien im Schrank und der andere Krimskrams zweifellos von einem jungen Mann.«

»Warum hält die Frau uns zum Narren?«, dachte die Kommissarin laut nach und fügte hinzu: »Sie kann sich doch denken, dass wir es herausfinden.«

»Grundsätzlich stimmte ich dir zu«, meinte der Kommissar, »allerdings sollten wir berücksichtigen, dass Paula nicht mit dem Verschwinden ihres Bruders rechnen konnte. Ich stelle es mir so vor: Paula hat anderswo die Nacht verbracht, vielleicht bei einem Liebhaber. Sie schleicht morgens zurück ins Ferienhaus. Nieburg pennt eventuell noch. Paula stellt fest, dass Leo fort ist, ohne eine Nachricht hinterlassen zu haben. Ich habe vorhin gesehen, dass sein Handy in seinem Zimmer liegt, er ist also nicht zu erreichen. Und sie weiß, dass die Unterzuckerung bei ihm Verwirrtheit hervorrufen kann. Er ist also in Gefahr. In dieser Situation verschwendet sie keinen Gedanken an Nieburg, sondern rast los, um uns um Hilfe zu bitten. Während sie wieder wegfährt, steht Nieburg auf, duscht und rasiert sich. Er öffnet den Brief, was er aus Gründen, die wir noch nicht kennen, am Vortag nicht getan hat. Nieburg greift in das Pulver, woraufhin das Gift schnell seine Wirkung entfaltet. Er kann gerade noch das Kuvert in den Kamin werfen. Doch bevor er diesen anzünden kann, kollabiert er und stirbt wenig später.«

»So könnte es sich abgespielt haben, wobei wir genauere Zeitangaben erst nach der Obduktion erwarten können, Roland. - Ich verstehe nicht, warum Nieburg unbedingt den Umschlag vernichten wollte. Er muss doch bemerkt haben, dass jemand ihn vergiftet hat. Wäre es da nicht naheliegender, wenn er darauf aufmerksam macht?«

»Darüber habe ich mir noch nicht den Kopf zerbrochen«, gab der Polizist zu. Er fuhr fort: »Ich hole eben den Koffer und bin gleich zurück.«

Mit diesen Worten eilte er die steile Treppe hinunter. Antje blieb noch im Schlafzimmer. Sie hatte bereits Latexhandschuhe übergezogen, wie sie es an Tatorten stets tat. Der Raum verfügte über Dachschrägen, war aber hell und luftig. Das Fenster befand sich in Kippstellung. Nieburg hatte offenbar Wert auf Ordnung gelegt. Es lagen keine Gegenstände herum. Als die Kommissarin den Kleiderschrank öffnete, entdeckte sie dort zweierlei Garderobe. Die Textilien waren alle jeweils einem älteren Mann und einer jungen Frau zuzuordnen. Für Antje stand fest, dass Nieburg und Paula dieses Zimmer zusammen bewohnt hatten. Aber warum war die Frau über Nacht weggeblieben? Hing dies mit dem Mord zusammen? Wenn die bisherigen Annahmen zutrafen, dann war der Absender des Briefs der Täter – ohne dass er bei der eigentlichen Vergiftung dabei sein musste. Wollte Paula sich ein Alibi verschaffen, indem sie nicht im Ferienhaus übernachtete? Aber woher hätte sie wissen können, dass Nieburg den tödlichen Brief erst am Morgen öffnen würde? Während ihr diese Überlegungen durch den Kopf schwirrten, zog sie eine Schublade nach der anderen auf. Unter Herrensocken versteckt fand sie eine externe Festplatte. Die Kommissarin tat diese in einen Beutel für Beweisstücke und nahm sich vor, den Datenträger so bald wie möglich zu sichten. Im Erdgeschoss klapperte etwas.

»Das ging ja schnell«, rief sie. Daraufhin ertönte eine Art von Keuchen, und es klirrte laut. Antje lief ein kalter Schauer über den Rücken. Es war offenbar nicht Roland, der momentan durch das Haus geisterte.

»Hier ist die Polizei!«, rief Antje. Sie war natürlich bewaffnet, und gefährliche Situationen hatte sie schon oft genug erlebt. Trotz ihrer Anspannung eilte sie die Treppe hinab, wobei sie immer zwei Stufen auf einmal nahm. Eine Gestalt im Kapuzenpullover kauerte über der Leiche. Offenbar hatte der Verdächtige gerade die Taschen des Toten durchwühlt. Als der Eindringling Antje wahrnahm, sprang er aus seiner kauernden Position auf und rannte zur Eingangstür.

»Polizei! Stehen bleiben!«, rief Antje gellend. Der Kerl dachte gar nicht daran. Von der Statur her musste es sich um einen Mann handeln, das sagte ihr die Diensterfahrung. Er rannte auf die Deichstraße hinaus. Ob Antje ihn verfolgen sollte? Nein, das war keine gute Idee. In dem Fall hätte sie das Haus völlig unbewacht zurücklassen müssen. Und vielleicht arbeitete er gar nicht allein, sondern verfügte über noch einen in der Nähe lauernden Komplizen? Sie funkte jedenfalls Roland an: »Hier im Haus war gerade ein Verdächtiger: männlich, circa eins achtzig groß, blaue Jeans, grauer Kapuzenpullover. Er flieht auf der Deichstraße in Richtung Ortsmitte. Eigentlich müsste er dir entgegenkommen.«

»Ist bei dir alles in Ordnung?«

Seine Frage klang besorgt.

»Ja, mir fehlt nichts«, gab sie barsch zurück. »Versuchst du bitte, den Verdächtigen einzufangen?«

»Ich tue mein Bestes. - Sein Gesicht hast du nicht gesehen?«

»Nein, und er hat mir weder seinen Personalausweis gezeigt noch seine Schuhgröße verraten, Rollo!«

Mit diesen Worten beendete Antje gereizt den Funkkontakt. Sie redete ihren Freund nur dann mit seinem ungeliebten Spitznamen *Rollo* an, wenn sie sich über ihn ärgerte. Doch eigentlich war sie nur auf sich selbst sauer, weil sie Nieburgs Taschen noch nicht durchsucht hatte. Es konnte nicht ausgeschlossen werden, dass der Kapuzenmann ein wichtiges Beweisstück an sich genommen hatte. Wie war er eigentlich ins Haus gelangt? Hatte Roland die Tür offen stehen lassen? Nein, diese Möglichkeit schloss sie aus. So unachtsam war der Kommissar nicht. Zumindest stand für Antje nun fest, woher das klirrende Geräusch stammte. Der Eindringling war gegen den Couchtisch gestoßen, woraufhin die darauf stehende Vase heruntergefallen und auf den Bodenfliesen zerschellt war. Die Polizistin hielt es für ausgeschlossen, dass ein Einbrecher rein zufällig bei Tageslicht auftauchte und dann gezielt die Taschen eines Toten durchwühlte. Es gab eine andere Erklärung, die ihr viel einleuchtender vorkam: Der Kapuzenmann wurde telefonisch oder per Textnachricht alarmiert – und zwar von Paula. Sie war nach Antjes jetzigem Kenntnisstand diejenige, die etwas zu verbergen hatte. Nachdem sie in der Arztpraxis abgesetzt worden war, musste sie ihren Komplizen sofort angerufen haben. Aber da sie erst vor kurzem das Ferienhaus verlassen hatte, war das Zeitfenster für das Erscheinen des Verdächtigen sehr klein. Und das bedeutete: Er hatte sich schon in der unmittelbaren Nähe aufgehalten oder wohnte sogar in der Nachbarschaft. Nun klingelte es an der Tür. Sie öffnete, wobei sie sicherheitshalber ihre rechte Hand auf den Griff ihrer Pistole legte, die sie in einem Holster am Koppel trug. Draußen stand zum Glück kein Angreifer, sondern der Kommissar. Er sah aus wie ein begossener Pudel.

»Entweder ist der Typ vom Erdboden verschwunden – oder ich habe Tomaten auf den Augen«, stieß Roland frustriert hervor. Antje legte den Kopf schief und erwiderte lächelnd: »Und ich war zu doof, um rechtzeitig Nieburgs Taschen zu überprüfen. - Verzeihst du mir, dass ich dich eben angepflaumt habe?«

»Das ist schon vergessen«, beteuerte Roland. Er öffnete den Tatortkoffer, den er aus der Dienststelle geholt hatte. Die beiden begannen damit, rund um den Toten Finger- und Fußabdrücke zu sichern. Antje rief außerdem einen Spediteur an, der den Polizisten schon öfter beim Transport von Leichen aufs Festland geholfen hatte. Er versprach, mit seinem Pferdefuhrwerk so schnell wie möglich zu der Adresse in der Deichstraße zu kommen. Während Antje und Roland weiterarbeiteten, sprachen sie über den Fall. Die Kommissarin sagte: »Im ersten Moment war ich wegen dieses Kapuzenmanns genervt, und das habe ich an dir ausgelassen. - Aber eigentlich können wir uns sogar darüber freuen, dass der Verdächtige hier erschienen ist.«

»Das kapiere ich nicht«, gab Roland zu. Antje erklärte: »Du wirst auch festgestellt haben, dass es keinerlei Hinweise auf einen Einbruch gibt, weder an den Fenstern noch an der Terrassentür oder der Eingangstür. Also hat der Verbrecher entweder einen Schlüssel oder einen sehr guten Nachschlüssel gehabt.«

»Und den Schlüssel kriegte er von Paula?«

»Ja, so stelle ich es mir vor, Roland. Nachdem der Arzt Paula bei der Praxis abgesetzt hat, ruft sie sofort ihren Liebhaber an: ‚Sönke ist tot, du musst unbedingt etwas für mich beiseiteschaffen. Aber sei vorsichtig, die Polizei befindet sich schon im Haus!‘ Was genau der Liebhaber holen sollte, wissen wir natürlich noch nicht. Vielleicht hat er den Gegenstand oder die Gegenstände auch gar nicht gefunden, wer weiß. Und mir fällt jetzt auch eine plausible Erklärung dafür ein, dass dir der Kapuzenmann gar nicht begegnet ist.«

»Wegen der Tomaten auf meinen Augen?«, fragte Roland treuherzig. Sie lachte und antwortete: »Nee, ich meine etwas anderes. - Du bist ja wahrscheinlich aus Richtung Wilhelmstraße gekommen. Da du den Verdächtigen nicht gesehen hast, muss er in einem der Häuser verschwunden sein, die sich zwischen diesem Ferienhaus und der Einmündung vom Alten Deichweg befinden. Eine andere Möglichkeit sehe ich nicht.«

»Oder er ist durch die Gärten abgehauen und dann querfeldein Richtung Strand gerannt«, schlug der Kommissar vor.

»Gut, das wäre möglich. Dadurch wird aber nicht erklärt, warum der Verdächtige so schnell hier sein konnte, nachdem der Arzt Paula im Auto mitgenommen hat«, sagte Antje und fuhr fort: »Lass und später die aktuellen Bewohner der benachbarten Ferienhäuser unauffällig überprüfen, einverstanden? Und vor allem dürfen wir Paula nicht spüren lassen, dass wir sie verdächtigen. Wenn wir sie in Sicherheit wiegen, macht sie hoffentlich einen Fehler.«

»Du glaubst, dass sie etwas mit dem Tod ihres Freundes zu tun hat?«, wollte Roland wissen. Sie zuckte mit den Schultern: »Es wäre zumindest möglich, oder? Paula lässt durch einen Komplizen das Einschreiben in Saarbrücken aufgeben. Sie kann sich selbst dadurch ein perfektes Alibi schaffen, denn auf dem Brief sind garantiert nicht ihre Fingerabdrücke. Außerdem lässt sie sogar noch eine weitere Sendung auf die Reise schicken, die an sie selbst gerichtet ist. Dadurch entsteht der Eindruck, dass jemand sowohl Nieburg als auch Paula nach dem Leben trachtet.

Wahrscheinlich ist sie davon ausgegangen, dass ihr Freund den Brief sofort öffnet – was er aber aus irgendeinem Grund nicht tut.«

»Über diesen Punkt können wir nur spekulieren«, stellte Roland fest, »und übrigens habe ich noch einmal darüber nachgedacht, warum ich im Kamin nur das Kuvert und nicht den eigentlichen Brief gefunden habe. Da gibt es zwei Möglichkeiten. Entweder hat Nieburg das Anschreiben eingesteckt, weil er es aufbewahren wollte ...«

Antje fiel ihm ins Wort: »Und der Kapuzenmann hat den Brief geklaut! Das ist doch zum Mäusemelken. - Entschuldige bitte die Unterbrechung. Was wolltest du noch sagen?«

»Eine andere Variante wäre, dass Nieburg gar keinen Brief in dem Umschlag erwartete, sondern etwas anderes, beispielsweise einen USB-Stick oder einen Schlüssel, irgendwas, was man von außen fühlt. Das wäre eine Erklärung dafür, dass er hineingriff und das Gift auf seine Fingerspitzen gelangte. - Auch dafür gilt natürlich, dass Nieburg das Objekt herausgenommen hat und in die Tasche steckte, woraufhin der Dieb es an sich genommen hat.«

»Und warum wollte Nieburg den Umschlag unbedingt verbrennen?«, fragte Antje, ohne eine zufriedenstellende Antwort zu erwarten. Vielleicht hatte sich das Gift ja schon auf seinen Geisteszustand ausgewirkt. Ob die Substanz, an der er gestorben war, überhaupt eine solche Wirkung hatte, würde sich hoffentlich bei der Obduktion herausstellen. Rolands Stimme riss sie aus ihren Überlegungen: »Wir sollten unbedingt Leo Brune als Zeugen vernehmen. Er lebt schließlich auch hier im Haus. Ich bezweifle, ob er seine eigene Schwester belastet – aber vielleicht hat sie ihm ja gar nicht mitgeteilt, dass sie Nieburg um die Ecke bringen will. Er wäre ein lästiger Mitwisser, vor allem, da er offenbar öfter an Unterzuckerung leidet und dann nicht mehr klar denken kann. Also muss sie damit rechnen, dass er in diesem Zustand etwas ausplaudert.«

Antje nickte und sagte: »Paula hat uns zweifelsfrei angelogen. Dennoch sollten wir uns nicht auf sie als einzige Mordverdächtige einschießen. Ich will damit sagen, dass es für ihr Verhalten auch andere Gründe geben kann. Vielleicht hat sie einfach einen heißblütigen Liebhaber aufgetan, plante aber trotzdem nicht, ihren Freund zu verlassen. Hoffentlich kann uns Leo mehr über das Verhältnis der beiden zueinander sagen. Und falls Nieburgs Ex-Frau sich tatsächlich auf Juist befindet, sollten wir die Dame ebenfalls unter die Lupe nehmen.«

Während sie miteinander sprachen, setzten die Polizisten die Spurensicherung fort. Es deutete wirklich nichts darauf hin, dass der Kapuzenmann mit Gewalt ins Haus eingedrungen war. Wenig später läutete es erneut an der Tür. Diesmal stand der Spediteur draußen, der den Toten aufs Festland schaffen sollte. Der Kutscher und Roland wickelten die Leiche in eine Plane und hievten sie auf das Pferdefuhrwerk. Antje telefonierte mit der Polizeidienststelle in Norden, damit die Kollegen am Fährhafen Norddeich Nieburgs sterbliche Überreste in Empfang nahmen und zum gerichtsmedizinischen Institut Oldenburg weiterleiteten.

Kapitel 4

»Die Spurenlage würde ich bescheiden nennen.«

Antje konnte Rolands Einschätzung nur zustimmen. In der unmittelbaren Umgebung des Leichnams hatten sie keine verwertbaren Fußabdrücke sichern können. Es wäre natürlich gut gewesen, den Brief zu finden – falls ein solcher überhaupt existierte. Die Kommissare hatten alle Schränke, Schubladen und sonstigen Orte überprüft, wo man ein Anschreiben hätte verstecken können. Doch sie fanden absolut nichts.

»Ist es vertretbar, dass wir Paula und Leo wieder hier einziehen lassen?«, überlegte Antje laut. Roland machte eine unbestimmte Handbewegung und erwiderte: »Ich wüsste nicht, welche Indizien sie vernichten könnten. Vielleicht ist es gar nicht so schlecht, das Geschwisterpaar wieder hier im Ferienhaus zu haben. Noch wissen wir ja gar nicht, ob Silke eine Ausweichunterkunft für sie gefunden hat. Und wenn Paula ins Haus zurückkehren kann, kommt sie hoffentlich nicht auf die Idee, dass sie unter Verdacht steht.«

»Einverstanden, so machen wir es«, sagte die Polizistin. Die Beamten zogen die Tür hinter sich zu und fuhren zu der Arztpraxis, in die Leo gebracht worden war. Im Wartezimmer trafen sie auf die Bürgermeisterin, die wie üblich elegant gekleidet war: hellgraues Leinenkostüm, weiße Bluse und rotes Halstuch. Silke Meesters Augen waren weit aufgerissen, sie drehte unablässig an ihrem Armreif. Die Nervosität stand ihr förmlich ins Gesicht geschrieben. Sie ließ ihr Smartphone sinken und sagte: »Moin, da habt ihr mir ja eine schöne Mission anvertraut! Ich telefoniere mir schon die Finger wund, aber momentan sieht es mit freien Zimmern für zwei Personen auf Juist ziemlich schlecht aus.«

»*Kommando zurück*, würde man beim Militär sagen«, erwiderte Roland mit einem charmanten Lächeln und erklärte: »Leo Brune und seine Schwester können wieder in ihr Ferienhaus einziehen. Die Leiche wird zur Obduktion aufs Festland geschafft, und verwertbare Spuren ließen sich vor Ort nicht feststellen.«

Falls der Kommissar geglaubt hatte, die Amtsträgerin mit dieser Information beruhigen zu können, dann war das ein Irrtum gewesen. Sie setzte eine ängstliche Miene auf: »Also läuft der Mörder auf Juist noch frei herum?«

Antje kam ihrem Kollegen mit der Antwort zuvor: »Wir gehen nicht davon aus, dass der Täter sich überhaupt auf der Insel befindet.«

»Also ist er unmittelbar nach dem Mord geflohen? Habt ihr denn schon eine Beschreibung von ihm oder sogar seinen Namen?«, bohrte die Bürgermeisterin beharrlich nach.

»Du weißt, dass ich mit dir nicht über Einzelheiten der Ermittlung sprechen darf, Silke.«

»Ja, theoretisch hast du natürlich recht. - Aber da du und ich ja so gut wie verwandt sind ...«, begann Silke Meester und zwinkerte der Kommissarin verschwörerisch zu.

Will Papa sie etwa heiraten? Dieser Gedanke behagte Antje überhaupt nicht. Seit ihre Mutter vor vielen Jahren mit einem norwegischen Matrosen durchgebrannt war, hatte die Familie nur aus Tjark Fedder und ihr selbst bestanden. Sie gönnte ihrem Vater sein spätes Glück mit der hektischen Amtsträgerin – aber sehr viel enger musste das Verhältnis zu ihrer »Stiefmutter« für Antjes Geschmack auch nicht werden. Roland wandte sich an die Bürgermeisterin: »Du kannst beruhigt sein, Silke – wir haben die Lage im Griff und werden dich auf dem Laufenden halten.«

Bevor die Amtsträgerin weitere Bedenken äußern konnte, betrat der Arzt das Wartezimmer.

»Herr Brune ist wieder ansprechbar«, erklärte er, »seine Schwester ist momentan bei ihm. Aus meiner Sicht kann er nach Hause gehen. Seine Insulinwerte haben sich normalisiert. Hoffentlich ist ihm jetzt bewusst, dass er nicht so leichtfertig in eine Unterzuckerung rutschen darf.«

Silke Meester verabschiedete sich – nicht, ohne an die Kommissare zu appellieren, den Fall so bald wie möglich aufzuklären. Der Mediziner klopfte an die Tür seines eigenen Behandlungszimmers und führte die Polizisten hinein. Dort lag Leo Brune auf einer Liege. Paula hatte auf einem Hocker Platz genommen und hielt seine Hand. Leo trug seine knielange Jeansshorts, die eine gute Seele in der Praxis wohl inzwischen getrocknet hatte. Bei der morgendlichen Begegnung am Strand hatte seine Stimme schrill geklungen. Als er nun den Mund öffnete, hörte er sich völlig normal an: »Sie müssen die Beamten sein, die mich am Strand gerettet haben. Ich kann mich nur noch bruchstückhaft erinnern, aber ich möchte Ihnen von Herzen danken, Frau Fedder und Herr Witte. Wenn Sie nicht eingegriffen hätten, wäre ich in meinem Zustand vielleicht sogar ertrunken.«

Die Kommissarin wusste nicht, ob Paula Leo verraten hatte, wie sie und Roland hießen. Es war ja kein Geheimnis, denn die Schilder mit ihren Nachnamen waren gut sichtbar an ihren Uniformen befestigt.

»Wir haben nur unsere Arbeit getan«, betonte sie, »und wir freuen uns natürlich, wenn wir eingreifen können, bevor etwas Schlimmes passiert. Das ist leider nicht immer möglich. - Ihre Schwester hat Ihnen schon mitgeteilt, was mit Sönke Nieburg geschehen ist?«

Während Antje diese Frage stellte, warf sie Paula unauffällig einen Seitenblick zu. Die Schwester hatte einen Gesichtsausdruck aufgesetzt, der so viel bedeuten konnte wie: *Pass bloß auf, dass du dich gegenüber der Polizei nicht verquatscht!*

Oder interpretierte die Ermittlerin etwas in die Miene dieser Frau hinein, das einfach nicht vorhanden war? Sorgte Paula sich einfach nur um ihren Bruder, weil dieser immer wieder wegen seiner Krankheit Probleme bekam? Leo beantwortete ihre Frage jedenfalls prompt: »Ja, ich konnte es gar nicht richtig glauben. Wer würde denn Sönke umbringen wollen? Er war ein feiner älterer Herr, ich habe mich gut mit ihm verstanden.«

Antje fand, dass diese Sätze wie auswendig gelernt klangen. Sie sagte: »Wir müssen allein mit Ihnen sprechen, Herr Brune.«

Bevor er auch nur den Mund öffnen konnte, fuhr seine Schwester dazwischen: »Davon halte ich überhaupt nichts, Frau Fedder! Leos Gesundheitszustand hat sich gerade eben erst wieder stabilisiert. Wenn Sie ihn jetzt wieder aufregen, finde ich das unverantwortlich!«

Die Kommissarin ließ sich nicht beirren: »Wir führen eine Morduntersuchung durch, da sind wir auf jede Information angewiesen, die wir bekommen können. Und Ihr Bruder ist weder minderjährig noch entmündigt, wenn ich das richtig sehe.«

»Das nicht, aber ...«, begann Paula. Roland fiel ihr lächelnd ins Wort: »Kehren Sie ruhig schon mal zum Ferienhaus zurück. Die gute Nachricht lautet nämlich, dass wir uns dort schon ausgiebig umgeschaut haben.«

Paula zögerte.

»Ich muss vorhin in der Aufregung meinen Schlüssel vergessen haben«, murmelte sie. Antje versuchte, sich ihren Triumph nicht anmerken zu lassen.

Oder du hast den Schlüssel an deinen Komplizen, den Kapuzenmann, weitergereicht, sagte sie in Gedanken zu Paula.

»Das ist kein Problem. Ich habe mir vorhin erlaubt, den Schlüssel Ihres Bruders an mich zu nehmen. Er lag auf dem Nachtschrank in seinem Zimmer«, sagte Roland. Antje ließ Paula nicht aus den Augen. Steckte sie mit dem Kapuzenmann unter einer Decke? Wenn der Unbekannte Paulas Komplize war, würde er ihr bestimmt schon telefonisch berichtet haben, dass er beinahe von der Polizei erwischt worden war. Oder? Die Kommissarin fragte sich, ob sie in das Verhalten dieser Frau nicht zu viel hineininterpretierte. Tatsache war: Paula hatte die Beamten bereits einmal belogen. Es gab also keinen Grund, ihr zu vertrauen. Nun meldete sich Leo selbst zu Wort: »Ich will dabei helfen, Sönkes Mörder zu fassen. Obwohl ich nicht glaube, dass ich sehr nützlich sein kann.«

»Das ist die richtige Einstellung«, lobte der Kommissar und wandte sich an Paula: »Wir bringen Ihren Bruder wohlbehalten wieder zu Ihnen zurück.«

Ihr war anzusehen, dass ihr diese Wendung des Gesprächs überhaupt nicht gefiel. Doch ihr fiel offenbar kein Argument mehr ein, um die Befragung abzuwenden.

»Also gut … aber wenn der Zustand meines Bruders sich wieder verschlechtert, mache ich Sie dafür verantwortlich!«

Mit dieser Drohung auf den Lippen rauschte Paula aus dem Behandlungsraum und gleich darauf aus der Arztpraxis. Leo schien ihr Abgang peinlich zu sein.

»Ich muss mich für meine Schwester einschuldigen«, sagte er verlegen grinsend, »Paula ist zwar nur ein paar Jahre älter als ich, benimmt sich aber manchmal wie meine Mutter. Wahrscheinlich liegt es daran, dass wir Vollwaisen sind und nur noch einander haben.«

»Das ist nachvollziehbar«, entgegnete Roland und machte eine einladende Bewegung, »lassen Sie uns zur Polizeiwache gehen, sie ist nicht weit von hier entfernt. Dort können wir in Ruhe miteinander sprechen.«

Antje hätte auch nichts dagegen gehabt, den jungen Mann auf neutralem Boden zu befragen – beispielsweise in der *Küchenwerkstatt*, dem *Café Baumanns* oder einem der anderen beliebten Juister Gastronomiebetriebe. Aber Leo war immer noch nur mit einer kurzen Hose bekleidet, und selbst auf einer Ferieninsel wie Juist erregte ein solcher Aufzug unnötiges Aufsehen, wenn es sich nicht gerade um den Besuch einer Strandbar handelte. Dies galt doppelt und dreifach, wenn die spärlich bekleidete Person auch noch in Gesellschaft von zwei uniformierten Polizisten war. Leo schien es jedenfalls wieder gutzugehen. Er schlenderte locker durch die Carl-Stegmann-Straße und betrat gemeinsam mit Antje und Roland die Dienststelle. Die Kommissarin bot ihm ihren Besucherstuhl an.

»Möchten sie etwas trinken, Herr Brune?«, fragte sie.

»Ein Mineralwasser wäre toll. - Der Doc hat meinen Flüssigkeitshaushalt zwar schon wieder aufgepeppt, aber ich musste mir auch einen Vortrag darüber anhören, dass ich gut auf meine Körperfunktionen achtgeben soll.«

Roland brachte Leo ein Glas kaltes Wasser. Nachdem der Zeuge ein paar Schlucke getrunken hatte, fragte Antje: »Können Sie sich noch daran erinnern, was heute Morgen am Strand geschehen ist?«

»Nicht genau, Frau Fedder. Ich hoffe, dass ich mich nicht zu sehr blamiert habe. Leider ist es mir schon öfter passiert, dass ich in der Unterzuckerung kompletten Unsinn rede.«

»Das mag sein, Herr Brune«, erwiderte sie und berichtete, was Leo von sich gegeben hatte. Er senkte den Blick und murmelte: »Ich kann mich nur entschuldigen. Bitte seien Sie nicht eingeschnappt.«

»Das bin ich nicht, denn dass Sie *mich* vermissen, hab ich Ihnen schon heute Morgen nicht abgekauft«, versicherte Antje lächelnd. Doch sie wurde ernst, als sie fortfuhr: »Ihre Bemerkung über den Toten hat uns auf jeden Fall aufhorchen lassen.«

»Sie glauben, dass ich damit Sönke Nieburg gemeint haben könnte?«

»Sagen Sie es uns«, forderte Antje.

»Ich wünschte, dass ich es tun könnte, Frau Fedder«, beteuerte Leo. Er fuhr fort: »Ich habe nur noch verschwommene Erinnerungen. Wenn ich in diesem Zustand bin, kann ich nicht mehr zwischen Wirklichkeit und Illusion unterscheiden. Sie haben eine gewisse Ähnlichkeit mit meiner ehemaligen Freundin Anna, deshalb habe ich wahrscheinlich diesen Spruch gebracht. Ich muss wohl geglaubt haben, dass meine Ex zurückgekehrt ist. Und was den Toten angeht – ich habe manchmal Alpträume. Ich sollte mich wohl weniger mit Zombie-Ballerspielen befassen ...«

»Haben Sie Nieburg tot im Ferienhaus liegen gesehen oder nicht?«, hakte die Kommissarin nach.

Leo wich ihrem Blick aus. Er schaute an ihr vorbei aus dem Fenster, als ob dort draußen die passende Antwort zu erwarten wäre. Ob er seine Schwester schützen wollte? Der Kommissarin wurde klar, dass sie noch viel zu wenig über die drei Bewohner des Ferienhauses wusste.

»Ich weiß es nicht«, sagte Leo mit matt klingender Stimme. »Ich bin wieder einmal zu leichtfertig mit meinem Diabetes umgegangen, das habe ich nun begriffen. Irgendwann muss ich das Haus verlassen haben und zum Strand gelaufen sein. Aber an Einzelheiten kann ich mich nicht erinnern.«

Ob Leo die Wahrheit sagte? Die Kommissarin führte sich die räumlichen Verhältnisse im Ferienhaus vor Augen. Wenn Leo wirklich von seinem Zimmer aus die Treppe hinabgestiegen war und nicht noch ins Wohnzimmer geschaut hatte, konnte seine Behauptung stimmen. Außerdem: Noch stand Nieburgs genauer Todeszeitpunkt nicht fest. Und Leo konnte – oder wollte? - nicht sagen, um welche Uhrzeit er fortgegangen war. Antje beschloss, nicht länger auf diesem Punkt herumzureiten. Sie beschloss, etwas weiter auszuholen: »Wir wissen noch gar nicht viel über Sie, Herr Brune. Was machen Sie eigentlich beruflich?«

Leo erwiderte: »Ich bin Sänger.«

»Wie muss ich mir das konkret vorstellen?«, fragte die Kommissarin. Von einem Musiker mit dem Namen Leo Brune hatte sie noch nie gehört. Aber vielleicht benutzte er ja ein Pseudonym, wartete noch auf seinen großen Durchbruch – oder er hatte sein künstlerisches Schaffen soeben komplett erfunden.

»Ich arbeite noch daran, ein Engagement zu finden«, behauptete Leo. Antje warf Roland einen warnenden Blick zu, denn die Mundwinkel ihres Freundes zuckten verräterisch. Sie befürchtete, dass der Kommissar den Zeugen gleich bitten würde, ihnen etwas vorzutragen. Doch zum Glück hielt Roland sich zurück.

»Also sind Sie nicht an feste Arbeitszeiten gebunden«, stellte sie fest.

»Momentan nicht, Frau Fedder. Natürlich übe ich regelmäßig. Und als mein Schwesterherz mich darum bat, sie und ihren Freund auf der Reise nach Juist zu begleiten, nahm ich natürlich gern an.«

»Können Sie uns sagen, womit Sönke Nieburg sein Geld verdient hat?«, fragte Roland.

»Er ist – war – reich, so viel steht fest«, erklärte Leo und fuhr fort: »So, wie ich das mitbekommen habe, gehörten ihm etliche Immobilien. Sönke hat von den Mieteinnahmen gelebt. Soweit ich weiß, wollte er auch das Ferienhaus kaufen, in dem wir wohnen. Na, daraus wird jetzt wohl nichts mehr werden.«

Diese Neuigkeit ließ Antje aufhorchen. Natürlich kannte sie den aktuellen Besitzer des Objekts. Er hieß Hinrich Lake und war ein alteingesessener Insulaner. Dass er verkaufen wollte – oder musste – war ihr neu. Oder stimmte die Information über die Verkaufsabsicht gar nicht? Dies würde sich leicht herausfinden lassen. Antje wollte schon die Sprache auf Paula bringen, als Leo ihr zuvorkam: »Meine Schwester war übrigens Sönkes Assistentin, bevor sie seine Freundin wurde. Es heißt ja immer, dass eine Liebe, die am Arbeitsplatz entsteht, nichts wert wäre. Da sind die beiden wohl eine Ausnahme. Ich glaube, dass ihre Gefühle füreinander echt waren. Das haben auch alle verstanden, außer natürlich der alten Gewitterziege, mit der Sönke verheiratet war.«

»Sie können die Ex-Frau nicht ausstehen«, stellte Roland fest.

»Das würde Ihnen an meiner Stelle genauso gehen, Herr Witte! Wenn es um meine Schwester geht, dann verstehe ich keinen Spaß. Wenn Sönke nur mit Paula gespielt hätte, dann wäre ich dazwischengegangen, das können Sie mir glauben. Aber er meinte es ehrlich mit ihr, das spürte ich. Und seine Ex wurde grün vor Neid und Missgunst. Sie ließ keine Gelegenheit aus, um über Paula herzuziehen und sie mit ihrem Hass zu verfolgen. Schließlich erwirkte meine Schwester ein gerichtliches Kontaktverbot. Birgit Nieburg darf sich ihr in einem Umkreis von 500 Metern nicht nähern, sonst riskiert sie eine Strafanzeige.«

Da ist der Tod per Brief ja genau die passende Mordmethode, dachte Antje. Leo war nun schon die zweite Person, die der Ex-Frau des Opfers die Tat zutraute. Diese Frau musste zweifellos überprüft werden.

»Wir wissen, dass Sönke Nieburg herzkrank war«, erklärte Roland. »Ist Ihnen bekannt, ob er eine Lebensversicherung zugunsten Ihrer Schwester abgeschlossen hat?«

Diese Frage ließ Leo aus der Haut fahren: »Ja, so eine Versicherung gibt es – und was weiter?! Halten Sie jetzt Paula für die Mörderin?«

»Nun beruhigen Sie sich mal wieder«, sagte der Kommissar. »Die Existenz einer solchen Versicherung entlastet Ihre Schwester eher von einem Verdacht.«

Leos Gesichtsausdruck zeigte nun eher Überraschung als Zorn. Antje erklärte: »Wenn eine Person ermordet wird, dann ruht die Auszahlung der Lebensversicherungssumme, bis der Kriminalfall vollständig aufgeklärt ist. Und natürlich wird nicht an den Täter ausgezahlt. Wenn jemand also wegen des Versicherungsgeldes einen Mord begeht, hat er immer das Risiko, leer auszugehen – es sei denn, dass der Arzt das Tötungsdelikt nicht erkennt. Aber das ist bei Sönke Nieburg nicht der Fall. Sowohl der Arzt als auch wir Polizisten sind sicher, dass der Freund Ihrer Schwester umgebracht wurde.«

Diese Erläuterung schien Leo zu beruhigen.

»Ich hoffe, dass Sie den Mistkerl schnappen«, sagte er. »Paula war an Sönkes Seite sehr glücklich. Ich weiß nicht, ob sie noch einmal einen solchen Mann finden wird.«

»Wir tun unser Möglichstes, um den Täter zu fassen«, versicherte die Kommissarin. »Für den Moment haben wir keine weiteren Fragen. Sie können mich jederzeit anrufen, falls Ihnen noch etwas einfällt.«

Mit diesen Worten gab sie Leo eine ihrer Visitenkarten. Er stand auf.

»Soll ich Sie zum Ferienhaus begleiten?«, bot Roland an.

»Danke, aber das ist nicht nötig, Herr Witte. Es geht mir wieder gut. Konzentrieren Sie sich lieber darauf, den Mörder zu fangen.«

Der junge Mann verließ die Polizeistation. Roland schaute ihm durch das Fenster kopfschüttelnd nach.

»Was hältst du von dem Sangesbruder, Antje?«

»Die Frage ist schwierig zu beantworten. Ich denke, dass ihm seine Schwester sehr wichtig ist und er Kummer von ihr fernhalten will. Aber ob er zu ihren Gunsten lügen würde? Außerdem scheint Leo an die Liebe zwischen Paula und Nieburg zu glauben. Wenn die Schwester ihren Freund also betrügt, wird sie dies vor ihrem Bruder ebenfalls geheim halten, um ihn nicht in Gewissenskonflikte zu bringen. Ihr wird nicht entgangen sein, dass er ihren Freund mochte.«

»Die Ex-Frau scheint mir jedenfalls nach jetzigem Stand eine besonders aussichtsreiche Kandidatin zu sein«, meinte Roland.

»Du nimmst mir das Wort aus dem Mund«, gab Antje zurück.

Kapitel 5

Die Kommissare überprüften zunächst den Absender der Einschreibsendungen an Sönke Nieburg und Paula Brune. Ein schneller Kontakt mit dem Einwohnermeldeamt Saarbrücken brachte die Information, dass in der dortigen Goethestraße 99 niemand mit dem Nachnamen Rose gemeldet war.

»Das muss nicht unbedingt etwas zu bedeuten haben«, meinte Antje, nachdem sie das Telefonat beendet hatte. »Es kann nichts schaden, das Wohnhaus genauer unter die Lupe zu nehmen.«

Roland nickte und sagte: »Dafür ist Amtshilfe von den Kollegen vor Ort gefragt.«

Er griff zum Telefonhörer und rief im Polizeipräsidium Saarbrücken an. Der Kommissar schilderte den Fall. Ihm wurde zugesichert, dass eine Streifenwagenbesatzung umgehend die Adresse überprüfen würde. Er bedankte sich und beendete das Gespräch.

»Wir bekommen Bescheid, sobald es Neuigkeiten gibt, Antje.«

»Sehr schön. Dann sollten wir jetzt nachschauen, ob Frau Birgit Nieburg unsere schöne Insel mit ihrer Anwesenheit beehrt.«

Die Kommissare verließen die Wache und fuhren zum Rathaus hinüber. Obwohl es von der Carl-Stegmann-Straße bis zur Strandstraße nicht weit war, gingen sie nicht zu Fuß. Die meisten Insulaner bewegten sich auf zwei Rädern mit eigener Muskelkraft vorwärts, und da bildeten die Beamten keine Ausnahme. Im Rathaus befand sich auch die Hauptstelle der Touristeninformation. Jeder Urlauber musste einen Gästebeitrag zahlen, der auf Juist *Töwercard* hieß. Dadurch konnte man leicht herausfinden, welche Personen sich momentan auf dem Eiland befanden. Die

Mitarbeiter der Zimmervermittlung hatten die Polizisten schon öfter bei ihren Ermittlungen unterstützt. Auch diesmal dauerte es nicht lange, bis ein Ergebnis vorlag: Eine Dame namens Birgit Nieburg war vor einer Woche angereist. Sie wohnte in der *Pension Stahl* und plante offenbar, noch weitere zehn Tage zu bleiben. Zumindest hatte sie die Kosten ihrer *Töwercard* für den gesamten Zeitraum schon beglichen. Die Ermittler bedankten sich und verließen schnell das Rathaus, bevor ihnen zufällig die Bürgermeisterin über den Weg lief.

»Wie wäre es mit einer kurzen Mittagspause, bevor wir Birgit Nieburg auf die Pelle rücken?«, schlug Roland vor. Antje war einverstanden. Die Befragung der Verdächtigen konnte sich eventuell in die Länge ziehen. Und mit leerem Magen fiel der Kommissarin das Denken eindeutig schwerer als nach einer guten Mahlzeit. Die beiden suchten *Frankies Grill* auf. In dem nahegelegenen beliebten Imbiss aßen sie meist. An diesem Tag gab es wieder eine Currywurst mit Pommes frites für den Kommissar sowie Labskaus mit Spiegelei und Gewürzgurke für seine Kollegin. Die beiden begaben sich an einen der Stehtische und tranken Cola, während sie auf ihr Essen warteten. Roland musterte seine Freundin prüfend: »Was geht dir gerade durch den Kopf?«

»Steht mir die Grübelei so offensichtlich ins Gesicht geschrieben? - Du hast mich jedenfalls durchschaut, Roland. Ich frage mich, ob Hinrich Lake wirklich sein Ferienhaus verkaufen will. Und wenn ja, ob dies etwas mit dem Mordfall zu tun haben könnte.«

Die Kommissare hatten einen Stehtisch hinten bci den Getränkekühlschränken gewählt. Dort konnten sie offen über die Ermittlung sprechen, ohne von Außenstehenden belauscht zu werden. Die meisten anderen Imbissgäste holten sich ihre Speisen angesichts des schönen Wetters nämlich zum Mitnehmen und waren gar nicht in Hörweite.

»Ich kenne Lake nur vom Sehen«, gab der Kommissar zu, »besitzt er denn noch weitere Ferienimmobilien?«

»Lake hat ein Haus an der Billstraße, in dem er selbst mit seiner Frau wohnt«, erklärte Antje, »das Ferienhaus an der Deichstraße war ursprünglich im Besitz seiner Familie mütterlicherseits, er hat es geerbt und komplett renovieren lassen. Und diese Aktion könnte ihm finanziell das Genick gebrochen haben.«

»Wieso das denn?«, wunderte Roland sich. »Das Ferienhaus ist doch fast immer vermietet und bringt Geld ein. Meist, wenn wir dort vorbeifahren, hängt das Schild mit der Aufschrift FERIENHAUS BELEGT im Fenster.«

»Das stimmt, und vielleicht sind ja nur böswillige Gerüchte über Lake im Umlauf. Ich muss mal Papa fragen, an seiner Theke löst der Alkohol so manchem Einheimischen die Zunge«, meinte Antje.

»Ja, man sollte aufpassen, worüber man redet«, stimmte Roland lächelnd zu, »aber ehrlich gesagt verstehe ich nicht, inwieweit Lakes mögliche Geldsorgen etwas mit dem Mord an Nieburg zu tun haben können. Glaubst du, dass jemand durch einen Giftanschlag den Hausverkauf verhindern will? Das wäre sinnlos, oder? Nach Nieburgs Tod könnte Lake schnell neue Interessenten finden. Es gibt genug Menschen, die unbedingt eine Immobilie auf Juist erwerben wollen.«

»Nein, das erscheint mir auch nicht plausibel«, meinte Antje, »wir sollten jedenfalls mit Lake reden. Er kann uns vielleicht Dinge über Nieburg und Paula Brune berichten, die wir noch nicht wissen. Leo betrachtet ja beide durch eine rosarote Brille, wie dir zweifellos aufgefallen sein dürfte. Lake könnte eine andere Sichtweise haben.«

»Du meinst, wenn Nieburg ein knallharter Geschäftsmann gewesen wäre, der Lakes Notlage für sich ausgenutzt haben könnte?«, fragte der Kommissar augenzwinkernd.

»Ich will nicht von jedem Menschen automatisch das Schlechteste annehmen, aber wir sollten keine Möglichkeit ausschließen«, erwiderte Antje. Bevor sie mehr sagen konnte, war das Essen fertig. Die Kommissare ließen sich nun zunächst ihre leckeren Gerichte schmecken. Nachdem sie aufgegessen und gezahlt hatten, fuhren sie zur Gräfin-Theda-Straße hinüber. Dort befand sich die *Pension Stahl.*

Antje kannte das Gästehaus seit ihrer Kindheit. Anneliese Stahl war vor vielen Jahren vom Festland gekommen, hatte sich spontan in das »Töwerland« verliebt und die damals zum Verkauf stehende Pension erworben. In Antjes Erinnerung war Frau Stahl schon damals alt gewesen. Sie schien sich seit zwanzig Jahren kaum verändert zu haben, was natürlich biologisch unmöglich war. Die Polizisten betraten das Gästehaus. Es duftete nach frisch gebackenen Rosinenschnecken. Die Kommissarin erinnerte sich, dass sie schon als kleines Mädchen von Anneliese Stahl mit Gebäck verwöhnt worden war. Die Inhaberin war eine hochgewachsene magere Frau mit grauer Dauerwellenfrisur, die auf Fremde streng und distanziert wirkte. Doch Antje wusste, dass diese Frau ein gutes Herz hatte.

»Moin, ihr beiden! Ihr seid doch hoffentlich nicht dienstlich hier?«, fragte Anneliese Stahl lächelnd. Antje antwortete: »Leider doch. Birgit Nieburg ist bei dir zu Gast, richtig? Wir müssen mit ihr sprechen.«

»Frau Nieburg ist nach dem Frühstück gleich zum Strand gegangen«, sagte die Pensionswirtin.

»Kannst du sie uns beschreiben?«, bat Roland. Anneliese Stahl erwiderte: »Sie ist ungefähr eins sechzig groß, trägt ein hellgrünes Strandkleid und hat einen Strohhut mit breiter Krempe auf. Die Hutschnur ist mit künstlichen Kirschen verziert. Es sieht aus, als ob sie einen Obstsalat auf dem Kopf hätte.«

»Du bist eine gute Beobachterin«, gab Antje lachend zurück. »Nun bin ich sicher, dass wir die Dame finden werden.«

»Ich helfe gern«, betonte Anneliese Stahl, »und wenn ihr das nächste Mal bei mir erscheint, findet ihr hoffentlich Zeit für eine Rosinenschnecke und eine Tasse Tee.«

Die Polizisten machten sich wieder auf den Weg. Roland meinte: »Ich will ja keine Schwarzmalerei betreiben, aber glaubst du wirklich, dass wir Birgit Nieburg so schnell finden? Unsere schöne Insel verfügt bekanntlich über jede Menge Strand.«

»Das stimmt natürlich«, bestätigte Antje, »aber heute weht eine frische Brise. Vor wenigen Wochen war bei bestem Sommerwetter am Meer richtig viel los, wenn du dich erinnerst. Momentan wird man eher Spaziergänger als Sonnenanbeter am Strand treffen. Außerdem bin ich ziemlich sicher, dass wir die Dame in einem bestimmten Bereich antreffen werden.«

Roland begriff, worauf sie hinauswollte: »Du denkst an das Umfeld des Ferienhauses, richtig? Mit etwas Glück hat Birgit Nieburg sich mehr als 500 Meter dem Gebäude genähert, in dem sich Paula Brune befindet. Dann können wir sie wegen Verstoßes gegen das Annäherungsverbot mit auf die Dienststelle nehmen.«

»Ja, so ungefähr hatte ich mir das vorgestellt«, bestätigte die Ermittlerin lächelnd. Zwischen dem breiten weißen Juister Strand und der Deichstraße befand sich natürlich der Deich selbst. Als Bollwerk gegen Sturmfluten spielte er eine wichtige Rolle bei dem Schutz des Inselinneren. Von der Deichkrone aus hatte man einen weiten Blick einerseits Richtung Nordsee und andererseits zum Ort hin. Die

Polizisten ließen ihre Räder am Rand des Deichs zurück und stiegen auf den höchsten Punkt.

»Da ist Lakes Ferienhaus«, sagte Roland und zeigte auf ein Gebäude.

»Richtig, und Birgit Nieburg habe ich auch schon entdeckt. Sie scheint sich nicht besonders für den Strand zu interessieren – eher für Paula und Leo Brune«, erwiderte Antje.

»Wo ist sie denn? Man sollte meinen, dass sie in ihrem grünen Kleid nicht zu übersehen ist«, murmelte er.

»Komm ein Stück weit in meine Richtung.«

Mit diesen Worten zog die Kommissarin an seinem Arm. Nun erblickte auch der Kommissar die Verdächtige, die hinter einer hohen Hecke in Deckung gegangen war und offenbar konzentriert in Richtung Ferienhaus spähte. Der Strohhut war nicht zu übersehen.

»Es wird Zeit, dass wir der Spannerin das Handwerk legen«, sagte Antje. Sie und ihr Kollege stiegen die Deichtreppe hinab und eilten auf die Frau zu. Dabei achteten die Kommissare darauf, dass sie sich ihr von hinten näherten. Birgit Nieburg war höchst vertieft in ihre Beobachtungen. Jedenfalls bemerkte sie die Beamten nicht, bis diese unmittelbar hinter ihr standen.

»Frau Nieburg?«, sagte Antje laut. Die Verdächtige zuckte zusammen und wirbelte herum.

»Was fällt Ihnen ein, mich so zu erschrecken?«, fauchte sie. Dann schien ihr bewusst zu werden, dass zwei Uniformierte vor ihr standen. Sie presste die Lippen aufeinander – so, als ob sie sich selbst daran hindern wollte, noch mehr Worte zu verlieren. Roland streckte den Arm aus, wobei er in Richtung Ferienhaus zeigte: »Wenn mich mein Augenmaß nicht täuscht, dann sind es von hier bis zu dem Gebäude dort niemals 500 Meter.«

Birgit Nieburg hatte die Arme vor der Brust verschränkt.

»Ich weiß nicht, wovon Sie sprechen«, murmelte sie. Doch ihr Gesichtsausdruck besagte das genaue Gegenteil. Auf Antje machte sie den Eindruck einer ertappten Sünderin. Die Polizistin sagte: »Ich bin Kommissarin Fedder, das ist Kommissar Witte. Wir möchten Sie bitten, uns zur Wache zu begleiten.«

»Das ist lächerlich!«, wütete Birgit Nieburg. »Sie verhaften mich wegen dieses albernen Annäherungsverbots?«

»Sie wissen also genau, worum es geht«, stellte Roland trocken fest. Und seine Kollegin ergänzte: »Sie sind nicht festgenommen, Frau Nieburg. Aber es gibt einige Dinge, über die wir nicht auf offener Straße mit Ihnen sprechen wollen.«

Diese Frau war zwar verdächtig, aber für Antje stand keineswegs fest, dass sie für das Verschicken des Giftbriefs verantwortlich war. Und noch ließ sich unmöglich einschätzen, ob Birgit Nieburg bereits über den Tod ihres Ex-Mannes unterrichtet war oder nicht. Deshalb hielt die Kommissarin es für besser, ihr dies hinter verschlossenen Türen mitzuteilen. Und tatsächlich schien Birgit Nieburg zu spüren, dass es nicht nur um ihre verbotene Nachstellung ging. Sie seufzte einmal theatralisch und erwiderte: »Also gut – wenn es unbedingt sein muss ...«

»Ihr könnt schon mal vorgehen, ich komme mit den Rädern nach«, sagte Roland. Die Polizisten hatten ihre Diensträder an einer anderen Stelle zurückgelassen. Von der Deichstraße bis zur Carl-Stegmann-Straße war es ohnehin nicht weit. Birgit Nieburg hüllte sich in Schweigen, was Antje nur recht war. Die Kommissarin überlegte, ob es eine Verbindung zwischen ihr und dem Kapuzenmann geben könnte. Was hatte der Unbekannte in den Taschen des Toten gesucht? War es vielleicht ein Gegenstand, den die Ex-Frau unbedingt wiederhaben wollte? Was das Kuvert neben dem tödlichen Gift wohl noch enthalten hatte? Diese Fragen ließen sich noch nicht beantworten. Die Polizistin ließ Birgit Nieburg in die Wache ein und deutete auf ihren Besucherstuhl. Die Verdächtige schaute sich um: »Dieser Raum erinnert mich eher an eine Puppenstube als an eine Polizeidienststelle. Ich kann mir vorstellen, dass Sie auf Juist nicht viel zu tun haben. Da sind Sie gewiss dankbar dafür, wenigstens mal den Verstoß gegen ein Annäherungsverbot verfolgen zu können.«

Birgit Nieburg hatte offenbar vor, Antje zu provozieren. Aber dank des ausgeglichenen und gefestigten Wesens der Inselfriesin funktionierte das nicht. Die Kommissarin erwiderte: »Wir können uns über einen Mangel an Aufgaben nicht beklagen. Aktuell sind wir hauptsächlich auf einen Mordfall konzentriert. Ich muss Ihnen leider mitteilen, dass Ihr Ex-Mann Sönke Nieburg nicht mehr lebt. Der aktuelle Ermittlungsstand deutet auf ein Tötungsdelikt hin.«

Antje sprach ruhig und versuchte, sich so sachlich wie möglich auszudrücken. Ihrer Meinung nach gab es keine wirklich gute Methode, eine Todesnachricht zu überbringen. Für die Angehörigen war es stets ein Schock – außer natürlich, wenn sie selbst die Person auf dem Gewissen hatten. Birgit Nieburg wurde blass, dann schlug sie sich die flachen Hände vor das Gesicht. Ihre Schultern begannen zu zucken.

»Darum habe ich Sönke also heute noch nicht zu sehen bekommen«, brachte sie mit von Tränen erstickter Stimme hervor. Antje erwiderte zunächst nichts. Sie wollte Birgit Nieburg einen Moment lang Zeit lassen, um ihre Gefühle in den Griff zu bekommen. Die Polizistin wusste aus Erfahrung, dass Angehörige auf eine Todesnachricht völlig unterschiedlich reagierten. Nun traf auch Roland ein, der die Fahrräder geholt hatte. Er warf seiner Kollegin einen fragenden Blick zu.

»Ich habe Frau Nieburg soeben mitgeteilt, dass ihr Ex-Mann nicht mehr lebt«, sagte die Kommissarin. Birgit Nieburg ließ nun ihre Hände sinken, zog ein Papiertaschentuch aus ihrer Tasche und putzte sich die Nase. Außerdem trocknete sie ihre von Tränen feuchten Wangen. Ihr Gefühlsausbruch kam der Polizistin glaubwürdig vor. Allerdings hatte Antje in der Vergangenheit auch schon Verbrecherinnen erlebt, die spontan ohne Anlass in Tränen ausbrechen konnten – wenn es beispielsweise in einem Verhör für sie unangenehm wurde. Birgit Nieburg schnaubte erneut ihre Nase und sagte: »Sie müssen Paula Brune sofort verhaften! Sie hat Sönke auf dem Gewissen!«

»Wie kommen Sie darauf?«

»Wer soll es denn sonst gewesen sein, Frau Fedder? Diese falsche Schlange hatte es von Anfang an auf Sönkes Geld abgesehen. Ich habe mit Engelszungen geredet, damit mein Mann nicht auf dieses Biest hereinfällt. Aber er war wie von Sinnen, hat sich sogar von mir scheiden lassen – und das nach über zwanzig Jahren Ehe. Ich weiß, dass er sein Testament zu ihren Gunsten geändert hat. Sie erbt jetzt sein Vermögen, ich bekomme nur eine kleine Summe.«

»Wir haben die Ermittlungen gerade erst begonnen«, erklärte Antje. »Und wir nehmen Ihren Hinweis durchaus zur Kenntnis.«

»Also unternehmen Sie etwas gegen dieses Weib?«, bohrte Birgit Nieburg nach.

Antje ging nicht auf die Frage ein. Sie fand es seltsam, dass die Ex-Frau gar nicht wissen wollte, auf welche Art Sönke Nieburg ums Leben gekommen war. Vielleicht, weil sie die Antwort schon kannte? Die Kommissarin durfte sich durch die Tränenflut nicht beirren lassen, das wurde ihr nun bewusst. Aus welchem Grund hatte Birgit Nieburg das Ferienhaus belauert? Vielleicht, weil sie herausfinden wollte, ob der an Paula Brune gerichtete Giftbrief bereits zugestellt wurde und seine tödliche Wirkung entfaltet hatte? Es war vermutlich nicht allzu schwer, einen Komplizen zu finden, der von Saarbrücken aus die Einschreibsendungen zur Post gab. Mehr musste er nicht erledigen. Und wenn er nichts über den Inhalt dieser Kuverts erfuhr, musste die Täterin nicht mit Skrupeln rechnen. Beihilfe zum Mord war schließlich kein Kavaliersdelikt.

Birgit Nieburg schaute die Polizistin an, offenbar wartete sie immer noch auf eine Reaktion. Antje öffnete den Mund. Doch bevor sie etwas sagen konnte, klingelte das Festnetztelefon. Roland nahm den Anruf entgegen, meldete sich mit Namen und Dienstgrad. Er schrieb etwas in sein Notizbuch, und Antje konnte sehen, dass die Neuigkeit ihn zu elektrisieren schien. Sie wandte sich an Birgit Nieburg: »Was Ihre Annäherung an Paula Brune angeht, so belasse ich es bei einer Verwarnung. Wenn Sie sich während Ihres Aufenthalts auf Juist dieser Frau noch einmal nähern, werden Sie mit den Konsequenzen zu leben haben. Sie können nun gehen. Bitte halten Sie sich zu unserer Verfügung. Außerdem benötige ich Ihre Mobilnummer, damit wir Sie kurzfristig erreichen können.«

Die Ex-Frau nahm diese Ansage mit unbewegter Miene zur Kenntnis und diktierte Antje die Zahlenfolge ihrer Mobilverbindung.

»Sie werden schon merken, dass dieses durchtriebene Biest Sönke auf dem Gewissen hat.«

Mit diesen Worten erhob sie sich und rauschte aus der Polizeistation. Die Kommissarin ging zu ihrem Kollegen hinüber: »Was hat dich denn gerade so in Aufregung versetzt?«

»Der Anruf kam von Hauptkommissar Wiechert, Antje. Er arbeitet im Saarbrücker Präsidium, mit ihm hatte ich schon zuvor gesprochen. - Die Kollegen waren vor kurzem an der Goethestraße 99. Einen M. Rose gibt es dort nicht, was uns nicht überraschen dürfte. Aber sie haben die Namen der dortigen Mieter notiert, und Wiechert hat sie mir zukommen lassen. Es sind insgesamt sechs, aber nur einer dürfte für uns interessant sein.«

Roland zeigte Antje die Seite in seinem Notizbuch. Fünf Namen sagten der Kommissarin nichts, aber mit dem sechsten konnte sie etwas anfangen: »Dirk Lake – ich kenne ihn, er ist Hinrichs Sohn!«

»Also gehört seinem Vater das Ferienhaus, in dem Nieburg getötet wurde«, stellte Roland fest.

Kapitel 6

Antje hatte Dirk Lake seit Jahren nicht gesehen. Wenn sie seinen Vater traf, berichtete er ihr allerdings stets mit stolzgeschwellter Brust von den Erfolgen seines Sohnes: Dirk war auf einem Festland-Internat gewesen und hatte nach erfolgreicher Abiturprüfung ein Studium der Chemie begonnen. In welcher Stadt? Die Kommissarin erinnerte sich nicht, ob Hinrich Lake dies erwähnt hatte. Sie berichtete ihrem Kollegen, was sie über den jungen Mann wusste. Roland runzelte die Stirn: »Es dürfte wohl kein Zufall sein, dass von seiner Anschrift aus die Giftbriefe auf die Reise geschickt wurden. - Für mich ist das ein plumper Versuch des wahren Täters, den Verdacht auf Dirk Lake zu lenken!«

Die Überlegungen der Kommissarin gingen in dieselbe Richtung: »Ganz genau, Roland! Wenn jemand schon einen falschen Namen benutzt – warum ist er dann so dumm, dass er die Umschläge mit seiner echten Adresse beschriftet? Wenn ich einen solchen Anschlag per Brief begehen wollte, dann würde ich das Einschreiben bestimmt nicht hier von Juist aus versenden. Ich würde aufs Festland reisen, möglichst weit weg von der Insel und das Kuvert im tiefsten Bayern in die Post geben.«

»Saarbrücken liegt zwar nicht südlich des Weißwurst-Äquators, ist aber trotzdem ziemlich weit von Juist entfernt«, meinte der Kommissar, »und der Umschlag, den ich aus dem kalten Kamin gefischt habe, trägt tatsächlich den Poststempel aus Saarbrücken. - Ich kenne diesen Dirk nicht, Antje. Hat er die Tat vielleicht doch begangen? Nur weil jemand studiert, muss er noch lange nicht raffiniert genug für ein heimtückisches Verbrechen sein.«

»Als ich Hinrichs Sohn zum letzten Mal gesehen habe, war er sechzehn oder siebzehn, das ist schon einige Jahre her«, berichtete die Polizistin. Sie fuhr fort: »Halten wir uns an die Fakten: Der Absender der Giftbriefe wusste, dass sowohl Nieburg als auch Paula Brune aktuell in dem Ferienhaus eingemietet sind. Andernfalls hätte der Täter die Kuverts nicht passend adressieren können. Dirk hätte diese Angaben von seinem Vater bekommen können. Wie sieht es mit anderen Verdächtigen aus?«

Roland zuckte mit den Schultern: »Klar, Birgit Nieburg wusste auch, wo ihr Ex und dessen Freundin Urlaub machen. Wir haben ja gesehen, wie sie das Ferienhaus beobachtet hat. Bei ihr fehlt mir allerdings ein Motiv für den Mord an Sönke Nieburg. Dass sie Paula verabscheut, dürfte wohl unstrittig sein. Aber welchen Vorteil hätte sie durch den Tod ihres Ex-Mannes? Sie hat uns ja selbst gesagt, dass ihr nur ein kleiner Teil des Erbes zustünde.«

»Falls diese Version überhaupt stimmt«, schränkte Antje ein. »Und woher hätte die Ex-Frau erfahren können, dass der Sohn des Ferienhausvermieters in Saarbrücken wohnt? Darüber hätte sie Bescheid wissen müssen, um den Verdacht auf ihn zu lenken.«

Der Kommissar betonte: »Wir reden hier nicht über Geheimwissen. Ich wette mir dir, dass der junge Mann fröhlich in den sozialen Medien unterwegs ist. Und wenn er dort öfter etwas postet, kann man ihm problemlos folgen und alles über ihn herausfinden – inklusive seiner aktuellen Wohnadresse, seines Studiums, seiner Hobbys und seiner Schuhgröße.«

»Du hast recht«, stimmte Antje zu, »ich unterschätze immer wieder, wie sehr sich manche Menschen im Internet entblößen. - Und dann wären da ja auch noch Paula nebst ihrem möglichen Komplizen, dem Kapuzenmann.«

Roland erwiderte: »Ich habe auch noch einmal über sie nachgedacht. Falls sie die Täterin ist, dann wäre es ein sehr geschickter Schachzug von ihr, dass sie die Briefe mit dem Abstand von zwei Tagen hat losschicken lassen. Eigentlich hätte Nieburg schon gestern sein Einschreiben öffnen und sterben sollen. Dass er es erst heute getan hat, war nicht vorgesehen. Jedenfalls hätte die Post heute den Brief an Paula zugestellt ...«

Antje ergänzte: »Und zu dem Zeitpunkt wären die polizeilichen Ermittlungen schon in vollem Gang gewesen, so dass Paula das verdächtige Einschreiben bei uns hätte abliefern können. Ich gehe mal davon aus, dass der zweite Brief ebenfalls Gift enthält. Und der Verdacht würde auf Dirk Lake fallen, weil *dessen Adresse* auf den Kuverts steht. - Wir müssen uns jetzt dringend um den Kapuzenmann kümmern, Roland. Wenn wir mit unseren Annahmen richtig liegen, steckt er mit Paula unter einer Decke. Ihm wird nicht entgangen sein, dass ich ihn beim Durchsuchen der Leiche fast erwischt hätte. An seiner Stelle würde ich Juist umgehend verlassen.«

»Das ist einerseits richtig«, gab der Kommissar zu bedenken, »andererseits macht er sich durch eine verfrühte Abreise verdächtig. Er muss davon ausgehen, dass du ihn nicht erkannt hast. Wir hätten ihm schon längst einen Besuch abgestattet, wenn uns seine Identität bekannt wäre, oder? Also kann er zu Recht davon ausgehen, dass wir nicht wissen, wer er ist. Ich würde an seiner Stelle einfach die Sache aussitzen und erst am letzten Tag meines geplanten Aufenthalts der Insel den Rücken kehren.«

Antje fand die Überlegungen ihres Kollegen nachvollziehbar. Sie sagte: »Wie auch immer – der Kapuzenmann ist ja vorhin offenbar zwischen dem Ferienhaus und der Einmündung zum Alten Deichweg spurlos verschwunden, richtig?«

Der Kommissar nickte. Antje fuhr fort: »Also muss er sich in eines der dortigen Urlaubsquartiere geflüchtet haben. Es gibt drei Ferienhäuser in dem Bereich, die wir überprüfen müssen.«

»Ja, aber vorher sollten wir uns umziehen«, schlug Roland vor. »Wenn wir in Uniform dort herumschnüffeln, könnte der Verdächtige vorzeitig Lunte riechen und vielleicht eine Kurzschlusshandlung begehen.«

»Das ist eine gute Idee. - Dann gehst du jetzt zu deinem Pensionszimmer«, erwiderte sie.

»Ich bin im Handumdrehen wieder da, als harmloser Tourist verkleidet«, versicherte er und verließ die Wache. Antje stieg die Treppe zu ihren Privaträumen hoch, zog die Dienstkleidung aus und schlüpfte in ein knielanges farbig gemustertes Sommerkleid, das für einen Tag Anfang September vielleicht etwas dünn war. Daher fügte sie noch eine weiße Baumwolljacke hinzu und stieg in Schuhe mit einem kleinen Absatz. Außerdem löste sie den Knoten, zu dem sie ihr Haar hochgesteckt hatte. Nun fiel es bis auf ihre Schultern. Die Kommissarin betrachtete sich im Spiegel und fand, dass sie nun ziemlich verändert aussah. Ihren Polizeiausweis nahm sie natürlich mit. Und sicherheitshalber steckte sie ihre Pistole in die Handtasche. Antje hoffte zwar, die Waffe nicht benutzen zu müssen, aber immerhin handelte es sich um einen Mordfall. Da war Vorsicht geboten. Nachdem sie wieder ins Wachlokal zurückgekehrt war, tauchte schon bald ihr Kollege wieder auf. Roland trug nun eine blaue Jeans, schwarze Sportschuhe und ein weißes Hemd mit kurzen Ärmeln.

»Wie sehe ich aus?«, fragte sie ihn.

»Jedenfalls nicht wie eine Polizeibeamtin – sondern wie die Frau, die ich liebe«, versicherte Roland. Dann nahm er sie in die Arme und gab ihr einen Kuss.

»Spinner!«, sagte sie lachend. »Wir hatten doch vereinbart, Zärtlichkeiten während der Dienststunden zu unterlassen.«

»Das stimmt zwar, aber momentan beobachtet uns ja niemand. Ich wurde wohl durch dein so wenig polizeiliches Auftreten dazu verleitet«, sagte Roland mit Unschuldsmiene. Sie nahm ihn bei der Hand: »Komm jetzt mit, bevor ich dich noch verhafte!«

Ausnahmsweise gingen sie zu Fuß zur Deichstraße. Dies passte zu der Geschichte, die sie sich ausgedacht hatten.

»Nelly!«, rief Antje mehrmals und schlug mit ihrer flachen Hand auf ihren Oberschenkel. »Wo bist du, Süße?«

Und Roland tönte: »Nelly – komm zu Herrchen!«

Ein älteres Paar kam aus einem der vermieteten Ferienhäuser. Sie waren für die Kommissarin auf den ersten Blick als Badegäste zu erkennen. Ganz abgesehen davon, dass sie sämtliche ständigen Einwohner Juists zumindest vom Sehen kannte.

»Können wir Ihnen helfen?«, fragte die Frau mit einem leichten Kölner Dialekt.

»Unsere Hündin ist weggelaufen«, antwortete Antje. »Nelly ist eine weiße Terrierdame. Sie spielt so gern Verstecken ...«

Die Kommissarin fand sich selbst ziemlich überzeugend. Sie hätte beinahe selbst geglaubt, eine Hundebesitzerin zu sein. Der ältere Herr schüttelte den Kopf: »Tut mir leid, ich hab keinen Hund gesehen. Wie ist es mit dir, Monika?«

Seine Frau verneinte ebenfalls.

»Könnte es sein, dass Nelly in Ihr Haus gelaufen ist?«, fragte Roland. »Wie meine Frau schon sagte – der kleine Racker versteckt sich gern.«

»Nein, das hätten wir bemerkt«, versicherte Monika. »Ich lasse keine Türen offen stehen.«

»Wohnt eventuell noch jemand bei Ihnen?«, hakte Antje nach. »Ihr Sohn oder ...«

»Wir haben nur eine erwachsene Tochter, und die hat schon ihre eigene Familie und fährt nicht mehr mit uns in die Ferien. - Wenn wir den Hund sehen, bringen wir ihn zum Rathaus oder zur Polizei. Viel Glück bei der Suche!«, sagte der Herr. Das Ehepaar kam den Ermittlern glaubwürdig vor.

»Ich glaube bald selbst, dass es Nelly wirklich gibt«, murmelte Roland, als die Urlauber außer Hörweite waren.

»Ja, das geht mir genauso«, erwiderte Antje. Sie setzten ihren Weg durch die Deichstraße fort. Das Nebenhaus in östlicher Richtung wurde von einer Einheimischen bewohnt. Sonja Cassens arbeitete gerade im Garten.

»Moin, ihr beiden!«, rief sie fröhlich. »Habt ihr schon Feierabend?«

Gleich sagt sie noch, dass wir Polizisten sind, dachte die Kommissarin. Doch dann beschloss sie, die Nachbarin für ihre Ermittlungen einzuspannen: »Eigentlich überprüfen wir die Bewohner der vermieteten Ferienhäuser hier in der Deichstraße, Sonja. Hast du zufällig mitbekommen, ob in einem von ihnen ein einzelner junger Mann lebt?«

Natürlich konnte Antje nicht mit Sicherheit sagen, wie alt der Kapuzenmann war. Sie hatte ihn ja nur von hinten gesehen. Sie schloss einfach aus seinen schnellen Bewegungen, dass er noch nicht wirklich betagt sein konnte. Sonja Cassens musste nicht lange überlegen, um eine Antwort zu geben. Sie nickte eifrig: »Ja, so einer ist vor zwei Wochen in das Haus von Kniebeck gezogen. Man hört und sieht nicht viel von ihm, er geht frühmorgens immer joggen. Das ist alles. - Stimmt etwas nicht mit ihm?«

»Das werden wir herausfinden. - Vielen Dank für den Hinweis«, erwiderte Antje. Sie wusste natürlich, welches Haus Hanno Kniebeck gehörte. Es befand sich nur einen Steinwurf weit von dem Objekt entfernt, in dem Nieburg getötet wurde. Falls es sich bei dem Mieter wirklich um den Kapuzenmann handelte, dann hätte er sich in dem Haus leicht verstecken können, bevor Roland ihm entgegenkam. Die Kommissare gingen auf den möglichen Unterschlupf des Verdächtigen zu.

»Wir spielen erst mal wieder die harmlosen Hundebesitzer, oder?«, fragte Roland seine Kollegin mit leiser Stimme.

»Ja, vielleicht … wir improvisieren«, erwiderte sie. Antje war hoch konzentriert. Die Terrassentür des Hauses stand halb offen, Musik drang nach außen – beschwingter Sommerpop. Das Geräusch war nicht laut genug, um Beschwerden von lärmempfindlichen Nachbarn hervorzurufen. Entweder mochte der Bewohner selbst es nicht, wenn der Sound zu mächtig war – oder er wollte unauffällig bleiben. Oder beides. Immerhin schien er die Klingel nicht zu überhören, die Roland nun betätigte. Antje stieß ihren Kollegen an und deutete auf die Terrassentür. Der Kommissar nickte. Falls der Verdächtige auf diesem Weg abhauen wollte, würde er ihm den Weg abschneiden. Einen Moment später wurde die Musik noch leiser gedreht. Ein Mann öffnete die Tür. Die Polizistin schätzte ihn auf Anfang dreißig. Sein Haar war hellbraun, die Haut zeugte von zahlreichen Aufenthalten unter freiem Himmel. Er trug ein Batik-T-Shirt und knielange Khakishorts sowie Leinenschuhe mit geflochtener Sohle. Auf den ersten Blick wirkte er sympathisch, wie die Kommissarin fand. Auf seinen Lippen erschien ein entschuldigendes Lächeln: »Hallo, stört Sie die Musik? Ich war in Gedanken, ich kann sofort die Terrassentür schließen.«

»Das wird nicht nötig sein.«

Antje hatte laut und deutlich gesprochen. Und im nächsten Augenblick wurde ihr bewusst, dass sie diesem Mann nicht die Geschichte von der entlaufenen Nelly auftischen musste. Der Verdächtige erschrak nämlich sichtlich. Als sie ihm früher am Tag begegnet war, hatte sie nur die Worte »Polizei! Stehen bleiben!« von sich gegeben, und zwar ziemlich laut. Sie war jedenfalls hundertprozentig sicher, dass er ihre Stimme wiedererkannt hatte. Er öffnete den Mund. Ob er daran dachte, den Beamten die Tür vor der Nase zuzuschlagen? Bevor er zu einer Entscheidung kam, zog sie ihren Dienstausweis aus der Handtasche: »Moin, ich bin Kommissarin Fedder. Das ist Kommissar Witte. - Wir führen eine allgemeine Personenkontrolle durch. - Haben Sie kurz Zeit?«

Der Verdächtige atmete tief durch. Er versuchte, entschlossen zu wirken. Doch die Kommissarin konnte ihm die Unsicherheit an der Nasenspitze ansehen.

»Ich bin hier ja im Urlaub, und wenn es keinen besonderen Anlass gibt ...«, murmelte er. Antje ließ sich nicht beirren: »Oh doch, den gibt es. Hier ganz in der Nähe wurde ein Mord begangen. Mein Kollege und ich befragen Zeugen und suchen nach Spuren.«

Der Mann biss sich auf die Unterlippe, sein linkes Auge zuckte. Hatte er wirklich nichts von dem Verbrechen gewusst - oder war er nur unruhig, weil die Polizisten ihn gefunden hatten?

»Ein Mord, sagen Sie? Das ist ja schrecklich!«, stieß er hervor.

»Ja, das ist es.« Mit diesen Worten meldete sich Roland zu Wort. »Können wir vielleicht drinnen weitersprechen?«

Der Unbekannte gab die Tür frei. Er hatte es offenbar aufgegeben, die Kommissare abwimmeln zu wollen. Er führte sie in die modern eingerichtete Ferienhausküche.

Antje streckte die Hand aus: »Ihren Personalausweis, bitte.«

Er griff in seine Gesäßtasche, zog eine abgenutzte Geldbörse heraus und fummelte das amtliche Dokument hervor. Während Roland den Verdächtigen im Auge behielt, rief sie beim nächstgelegenen Polizeikommissariat auf dem Festland an, legitimierte sich und bat um eine POLAS-Abfrage für Simon Henner. So hieß der Mann laut seinem Ausweis. Es dauerte ein paar Minuten, bis die Ermittlerin ein Ergebnis bekam: Henner war polizeilich noch nicht in Erscheinung getreten.

Sie kehrte in die Küche zurück, wo Henner zusehends unruhiger wurde.

»Vielen Dank für Ihre Kooperation, Herr Henner. - Besitzen Sie eigentlich eine Kapuzenjacke?«

Er lachte, als ob die Kommissarin einen unglaublich lustigen Scherz gemacht hätte.

»Ja, Frau Fedder. - So wie mindestens achtzig Prozent aller Leute auf Juist.«

»Mit so einer Textilie ist man immer passend angezogen«, behauptete Roland. »Können wir das gute Stück bitte einmal sehen?«

»Warum sollte ich Ihnen meinen Kapuzenpullover zeigen?«, fragte Henner und versuchte erneut, willensstark zu wirken.

»Ein solches Kleidungsstück spielt bei dem Tötungsdelikt eine gewisse Rolle«, gab die Kommissarin vage zurück, »wollen Sie eigentlich gar nicht wissen, wer getötet wurde?«

»Nein, warum sollte mich das interessieren? Ich werde die Person sowieso nicht kennen. Ich bin allein hier auf Juist.«

Antje deutete in die Richtung, wo das Ferienhaus stand, in dem Nieburg vergiftet wurde.

»Dort hinten hat sich das Verbrechen ereignet. In dem Haus leben eine junge Frau sowie ein jüngerer und ein älterer Mann. Ist Ihnen an den Personen etwas Besonderes aufgefallen?«

»Nicht dass ich wüsste«, murmelte Henner. Er trat von einem Bein auf das andere. Nun glaubte Antje, den Grund für seine Unruhe zu erkennen: Sein Smartphone lag in Sichtweite vor ihr auf der Anrichte. Henner hätte sich das Gerät gewiss gern gegriffen, aber Roland stand zwischen ihm und der Anrichte. Und der Kommissar wich keinen Zentimeter zur Seite. Henner schaute zur Küchenuhr.

»Haben Sie etwas vor?«, fragte Antje betont unschuldig. »Sie sind doch in den Ferien, das haben Sie selbst gesagt. Da ist man doch normalerweise nicht im Zeitstress, oder?«

»Das bin ich auch nicht«, behauptete Henner. Doch sein Gesichtsausdruck strafte ihn Lügen. Die Polizistin bohrte weiter: »Verabredet können Sie ja nicht sein. Sie haben ja gerade gesagt, dass Sie allein auf der Insel sind.«

»Ja, und ich weiß nicht ...«

Henner unterbrach sich selbst, denn nun klingelte sein Smartphone. Im Display erschienen die Worte: PAULA CALLING. Bevor Henner es verhindern konnte, nahm Antje das Gespräch an. Paula Brune war am Apparat, ihre Stimme klang gestresst: »Wo bleibst du denn, ich warte auf dich! Mir geht es nicht gut – wahrscheinlich haben die Bullen etwas gemerkt!«

Kapitel 7

Antje erwiderte ruhig und sachlich: »Hier spricht Kommissarin Fedder, Frau Brune. Sie haben recht, mein Kollege und ich sind wirklich misstrauisch geworden. Ich schlage vor, dass Sie umgehend zum Ferienhaus Ihres Freundes Simon Henner kommen, bevor Sie Ihre Lage noch weiter verschlimmern.«

Einen Moment lang herrschte Stille. Man hörte im Hintergrund nur das Rauschen der Wellen und das Kreischen der Möwen. Vermutlich befand Paula Brune sich irgendwo am Strand.

»Ich werde kommen. - Aber es ist nicht so, wie Sie denken.«

Paulas Stimme klang leblos, als ob plötzlich eine Maschine zu der Ermittlerin sprechen würde. Paula Brune hatte offenbar nicht damit gerechnet, dass die Polizei schon ihren Freund – oder Liebhaber? - entdeckt hatte.

»Bis gleich«, sagte Antje und beendete das Telefonat.

»Sie hätten das Gespräch nicht annehmen dürfen!«, meckerte Henner. »Ich werde mich über Sie beschweren, Frau Fedder!«

»Das steht Ihnen selbstverständlich frei«, erwiderte sie unbeeindruckt. »Ich habe reflexartig zum Apparat gegriffen, dafür entschuldige ich mich. - Sie sollten ansonsten bedenken, dass die Behinderung von Polizeiarbeit bei einem Kapitalverbrechen wie Mord kein Kavaliersdelikt ist.«

»Ich habe den Alten nicht auf dem Gewissen!«, platzte Henner heraus. Im nächsten Moment sah man ihm an, dass er sich am liebsten auf die Zunge gebissen hätte. Doch da hatten die Worte seinen Mund schon verlassen.

»Also ist Ihnen vollkommen klar, wer ermordet wurde«, stellte Roland fest.

»Ich habe mit Sönkes Tod nichts zu schaffen«, behauptete Henner, wobei er die Arme vor der Brust verschränkte und den Blicken der Polizisten auswich. *Wahrscheinlich sagt er sogar die Wahrheit,* dachte Antje. Wer genau war eigentlich der Mörder? Zunächst natürlich die Person, die das Gift beschafft und in die Kuverts gefüllt hatte. Wurde sie von jemandem angestiftet oder handelte sie aus freien Stücken auf eigene Faust? Antje führte sich vor Augen, dass der eigentliche Täter vielleicht gar nicht auf der Insel war, sondern tausend Kilometer von ihnen entfernt auf dem Festland saß. *So einen Fall hatten wir noch nie!,* dachte die Kommissarin.

»Kochen Sie doch erst mal einen Tee«, schlug Roland munter vor, »der beruhigt die Nerven. Ich wette, dass Ihre Freundin auch eine Tasse vertragen kann.«

Henner warf dem Kommissar einen seltsamen Blick zu. Er schien zu überlegen, ob Roland ihn veräppeln wollte. Antje wusste, dass ihr Kollege es ernst meinte. Er verstand es manchmal sehr gut, eine verkrampfte Atmosphäre aufzulockern. Und es war sehr wichtig, die beiden Personen zum Reden zu bringen. Also füllte Henner Wasser in den Kessel und tat Tee in die Kanne, während die Polizistin sich unauffällig in Küche und Wohnzimmer umschaute. Beides machte einen sauberen und aufgeräumten Eindruck.

»Wo bleibt denn eigentlich Leo, wenn Paula sich mit Ihnen trifft?«, fragte Antje direkt. Mit der Erwähnung dieses Namens hatte sie bei Henner offenbar einen Nerv getroffen: »Ja, ich muss dankbar dafür sein, dass sie überhaupt Zeit für mich hat! Der kleine Spinner ist wie eine Klette! Ich meine, Millionen Menschen leiden an Diabetes – und die meisten veranstalten nicht so ein Tamtam um ihre Krankheit. Aber Leo nutzt sein Leiden eiskalt aus, um immer im Mittelpunkt zu stehen. Er ist erwachsen – aber es kommt mir so vor, als ob er nicht Paulas Bruder, sondern ihr kleines Kind wäre!«

Dieser Gefühlsausbruch kam der Kommissarin echt vor. Ob Leo für Henner ein viel größeres Hindernis als Sönke war? Wäre es aus Henners Sicht nicht besser gewesen, den Bruder zu beseitigen? Aber Leo hatte keinen Brief bekommen, jedenfalls bis jetzt nicht. Es herrschte Schweigen, das etwas später durch das penetrante Pfeifen des Wasserkessels beendet wurde. Henner goss den Tee auf. Die Zubereitung der Assam-Mischung schien ihm dabei zu helfen, seine Gedanken zu ordnen. Er sagte: »Sie halten mich für schuldig, aber eigentlich sind Paula und ich die Opfer – und natürlich Sönke, weil er sterben musste.«

»Sie sprechen in Rätseln«, stellte Roland trocken fest.

»Es ist besser, wenn Paula Ihnen alles erklärt. Sie hatte eindeutig mehr zu verlieren als ich«, behauptete Henner. Antje fand es auffällig, wie ruhig er sich jetzt verhielt. Aus welchem Grund? War er wirklich nicht in den Mord verwickelt? Oder glaubte er nur, dass die Polizei ihm nichts nachweisen konnte? Henner holte Tassen aus dem Hängeschrank. Nachdem er für alle Tee eingegossen hatte, wurde die Haustür aufgeschlossen.

Paula hat also einen Schlüssel, stellte die Kommissarin fest. Dies war eigentlich nicht verwunderlich; so konnte sie sich jederzeit diskret zu ihrem Liebhaber schleichen, ohne dass mitten in der Nacht das Schrillen der Klingel in der stillen Deichstraße erklang. Paula wirkte aufgewühlt. Sie flog förmlich in Henners Arme. Er drückte sie an sich und strich zärtlich über ihr Haar.

»Es wird alles gut.«

Obwohl er flüsterte, waren seine Worte deutlich zu verstehen. Aber Antje hielt seinen Gesichtsausdruck für noch wichtiger. Henner schien Paula wirklich zu lieben, jedenfalls ließ seine fürsorgliche Miene diese

Schlussfolgerung zu. Doch dieses Gefühl war ein zweischneidiges Schwert. Die Ermittler mussten auch damit rechnen, dass er sich zugunsten seiner Freundin Lügengeschichten ausdenken würde. Paula löste sich sanft aus seinen Armen. Es war, als würde sie erst jetzt die Anwesenheit der Polizisten wahrnehmen. Dabei musste ihr doch bewusst sein, dass Henner sich in Gesellschaft der Ermittler befand.

»Frau Fedder – Sie sehen ja in Zivil völlig anders aus«, meinte Paula.

»Das höre ich öfter«, gab die Kommissarin zurück, »aber wir wollen jetzt beim Thema bleiben. - Möchten Sie Ihre Aussage bezüglich des Leichenfundes noch einmal überdenken, Frau Brune?«

Paula konnte dem Blick der Polizistin nicht standhalten und senkte den Kopf. Sie murmelte: »Ja, ich … habe Ihnen nicht ganz die Wahrheit gesagt. - In der Nacht vor Sönkes Tod bin ich bei Simon gewesen.«

Antje führte sich vor Augen, was sie am Morgen in dem Ferienhaus festgestellt hatte: Nur eine Hälfte des Doppelbetts war benutzt worden, und zwar höchstwahrscheinlich von Nieburg.

»Also muss Sönke Nieburg beim Aufwachen gemerkt haben, dass Sie nicht bei ihm waren«, stellte die Kommissarin fest.

»Sönke wusste, dass es noch einen anderen Mann in meinem Leben gibt«, behauptete Paula.

»Und das sollen wir Ihnen glauben?«

Diese Frage kam natürlich von Roland.

»Es ist die Wahrheit«, beharrte Paula. Es war ausgerechnet ihr Freund, der ihr in die Parade fuhr. Henner schüttelte den Kopf und sagte: »Das bringt doch nichts, Schatz. Die Polizei wird die Tatsachen früher oder später sowieso herausfinden. Und wenn wir dann immer noch lügen, sitzen wir tief in der Tinte – und schützen vielleicht sogar unabsichtlich Sönkes Mörder.«

Paula schaute Henner entsetzt an. Sie hatte offenbar versuchen wollen, den Ermittlern nach wie vor Märchen aufzutischen. Sie ließ sich auf einen Küchenstuhl fallen und stützte den Kopf auf ihre Hände. Zögernd begann sie zu sprechen: »Sönke und ich haben gut miteinander harmoniert, aber wegen seiner Herzkrankheit war er körperlich nicht so … leistungsfähig. Ich glaubte anfangs, dies würde mir nichts ausmachen. Aber mir fehlte eben doch etwas, die kraftvolle Umarmung durch einen Mann. Und vor ein paar Monaten traf ich zufällig Simon wieder.«

Ihr Freund ergänzte: »Wir waren eigentlich nur Schulkameraden, hatten als Jugendliche gar keinen engeren Kontakt. Als meine Eltern in eine andere Stadt zogen, verloren wir uns aus den Augen. Dann begegneten wir einander erneut. Ich hätte Paula beinahe nicht wiedererkannt. Aus dem unscheinbaren Teenager war eine richtige Schönheit geworden. Wir gingen etwas trinken. Und obwohl Paula eindeutig klarstellte, dass sie einen festen Freund hatte, knisterte es sofort gewaltig zwischen uns.«

»Sie dürfen mich nicht für ein Flittchen halten, das sich jedem Kerl an den Hals wirft«, beteuerte Paula, »aber Simon versteht es wirklich, mich glücklich zu machen.«

Sie bedachte ihren Liebhaber mit einem Blick voller Zärtlichkeit.

»Wir sind keine Moralapostel, sondern Polizisten«, stellte Antje klar. Sie fuhr fort: »Was im Bett zwischen Ihnen beiden abläuft, ist uns egal. Für uns lautet die entscheidende Frage, ob Nieburg von Ihrer Affäre gewusst hat oder nicht.«

»Wir haben es ihm immer verheimlicht«, platzte Paula heraus, »und das war gar nicht so schwer. Sönke schlief viel – besonders hier auf Juist, vermutlich wegen der guten Nordseeluft. Und wenn er seine Tabletten genommen hatte, war er nur äußerst schwierig wach zu bekommen. Ich konnte mich fortschleichen und zurückkehren, ohne dass er es bemerkte.«

»Am Abend vor seinem Tod sind Sie gar nicht zu Bett gegangen«, stellte Antje fest, »jedenfalls nicht in dem Ferienhaus, das Sönke Nieburg gemietet hatte.«

»Ja, ich bin wohl etwas leichtsinnig gewesen«, gab Paula zu, »Sönke war an dem Tag sehr müde. Ihm fielen schon die Augen zu, als die Sonne noch nicht untergegangen war. Ich vergewisserte mich, dass er tief und fest schlief. Dann verließ ich das Haus und schlich zu Simon hinüber. Ich hatte vor, noch vor dem Morgengrauen zu Sönke zurückzukehren. Dann hätte er mich beim Aufwachen neben sich vorgefunden. Aber dann wurde ich selbst vom Schlaf übermannt. Als ich in Simons Armen erwachte, war es bereits Morgen. Ich hatte die schlimmsten Befürchtungen, während ich zum Ferienhaus hetzte. Ich war darauf gefasst, dass Sönke mich zur Rede stellen und mir eine fürchterliche Szene machen würde. Stattdessen fand ich ihn tot im Wohnzimmer – und stellte fest, dass mein Bruder spurlos verschwunden war!«

Die Kommissarin erinnerte sich an die erste Begegnung mit Paula Brune. Die Frau hatte wegen Leo eine Vermisstenanzeige erstatten wollen. Nieburgs Tod war mit keiner Silbe erwähnt worden. Mehr noch: Als die Briefträgerin vom Leichenfund berichtete, hatte Paula ihr unterstellt, während der Arbeitszeit zu trinken.

»Warum haben Sie uns nicht über den Tod Ihres Freundes informiert?«, fragte Roland direkt. Henner kam seiner Freundin zu Hilfe: »Paula muss völlig geschockt gewesen sein, da ist man zu keinem klaren Gedanken fähig.«

Dies konnte zweifellos zutreffen, aber Antje vermutete noch einen anderen Grund. Sie wandte sich an Paula: »Leo war fort, Sönke lebte nicht mehr. Hatten Sie vermutet, dass Ihr Bruder Ihren Freund auf dem Gewissen haben könnte?«

Ein Blick auf Paulas Gesicht bewies Antje, dass sie den Nagel auf den Kopf getroffen hatte.

»Ehrlich gesagt war das wirklich meine Befürchtung, Frau Fedder. - Ich wusste ja noch nichts von dem Gift in dem Brief. Natürlich hatte ich mitbekommen, dass Sönke am Vortag ein Einschreiben erhalten hatte. Aber wer vermutet denn in so einem Kuvert eine tödliche Substanz? Ich dachte, dass es vielleicht Streit zwischen Sönke und Leo gegeben hat, als ich nicht da war. Mein Bruder hätte meinen Freund erwürgt oder totgeschlagen haben können. So genau habe ich mir Sönke ja nicht angesehen, bevor ich zur Polizeiwache geeilt bin.«

»Bildeten Sie sich wirklich ein, den Toten unauffällig verschwinden lassen zu können?«, fragte Roland. Seine Stimme war die Skepsis deutlich anzuhören. Paula schüttelte den Kopf: »Da hätte ich schon eine Lösung gefunden. Als ich die Vermisstenanzeige aufgeben wollte, ging es mir nur um Leos Wohlergehen.«

Die Kommissarin versuchte, sich in Paula hineinzuversetzen. Wenn sie wirklich ihren Bruder für den Täter gehalten hatte, dann durfte sie erst gar keinen Verdacht gegen ihn aufkommen lassen. Und dies konnte am einfachsten geschehen, indem sie den Tod ihres Freundes bei der Polizei zunächst verschwieg. Dass es eine enge Bindung zwischen den Geschwistern gab, stand inzwischen zweifelsfrei fest. Sogar Henner war ja genervt davon, dass sich bei Paula alles um Leo drehte. Antje versuchte, die Rolle des Bruders in diesem Drama besser zu verstehen: »Leo hat sich mit Sönke gut verstanden. So lautete zumindest seine Aussage uns gegenüber.«

Paula setzte ein traurig wirkendes Lächeln auf und erwiderte: »Ja, das stimmt. Sönke war für Leo so eine Art Vaterfigur. Wahrscheinlich hätte mein Bruder es nicht gut gefunden, dass ich ihm nicht treu war. Für meine Gefühle kann ich aber nichts.«

Die Kommissarin hakte nach: »Also wusste Leo nicht, dass Sie eine Affäre mit Simon Henner hatten?«

»Leo lebt in seiner eigenen Welt, Frau Fedder. Er liebt die Musik, träumt von einer großen Sängerkarriere. Oft liegt er stundenlang in seinem Zimmer und hört sich Stücke von seinen Vorbildern an. Dann vergisst er alles um sich herum.«

Henner verzog das Gesicht, was von Roland nicht unbemerkt blieb: »Sie scheinen anderer Meinung zu sein, Herr Henner.«

»Ich kenne Leo gar nicht persönlich, also kann ich mir kein Urteil erlauben«, sagte Paulas Liebhaber. »Während unserer Teenager-Jahre war ihr Bruder auf einer anderen Schule. Und als wir vor einigen Monaten zusammengekommen sind, achtete meine Freundin sehr darauf, dass unsere Treffen unbemerkt blieben. Aber irgendjemand *muss* das Geheimnis entdeckt haben.«

»Warum glauben Sie, dass jemand Ihr Verhältnis entdeckt haben könnte?«, fragte Antje. Die Antwort kam von Paula statt von Henner: »Weil ich erpresst werde!«

Kapitel 8

Ob diese Behauptung zutraf? Die Kommissarin wollte mehr erfahren: »Haben Sie eine Strafanzeige gestellt?«

»Nein, das habe ich nicht getan. Das war wahrscheinlich ein Fehler«, antwortete Paula, »denn es heißt ja immer, Erpressungen würden niemals aufhören. - Ich bekam erstmals vor zwei Monaten Fotos zugeschickt, auf denen ich zusammen mit Simon zu sehen war. Die Aufnahmen sind nicht besonders anstößig, sie müssen bei einer unserer ersten Verabredungen entstanden sein. Ich habe mich mit Simon in einer Bar getroffen. Jedenfalls ist auf den Bildern eindeutig zu sehen, wie wir uns küssen.«

Und die beiden hatten nur Augen füreinander, so dass sie den Fotografen nicht bemerkten, dachte die Polizistin. Sie fragte: »Wie viel forderte der Erpresser?«

»Fünftausend Euro. Für viele Menschen ist das eine Menge Geld, aber Sönke war ja sehr vermögend. Und er vertraute mir blind, ich hatte als seine ehemalige Assistentin Zugriff auf die Firmenkonten. Daher war es kein Problem für mich, diese Summe abzuzweigen und als eine unverfängliche Ausgabe zu verbuchen. Nach der ersten Geldübergabe hoffte ich, dass Schluss wäre.«

Nun öffnete Henner den Mund: »Natürlich blieb es nicht bei dieser einen Forderung. Beim nächsten Mal wurde es richtig unheimlich. Vor zwei Wochen bekam Paula neue Fotos. Wir hatten uns in einem Hotel getroffen. Auf dem Bild sind wir zu sehen, wie wir schlafend im selben Bett liegen. Der Erpresser muss also in unser Zimmer eingedrungen sein.«

Paula ergänzte: »Er hätte uns im Schlaf ermorden können.«

Ihr Freund legte den Arm um ihre Schultern und zog sie an sich. Antje ließ die neue Information auf sich wirken. Ob die Geschichte stimmte? Zumindest das Abheben von größeren Barbeträgen von Nieburgs Firmenkonten würde sich überprüfen lassen. Die Kommissarin hakte nach: »Ist es bei diesen beiden Erpressungen geblieben?«

»Bisher ja«, antwortete Paula, »aber wir lebten ständig in der Angst, dass der Täter uns weiterhin beobachten würde. Da kam mir Sönkes Idee mit dem längeren Urlaub auf Juist wie gerufen. Wir sind ja schon seit sechs Wochen in dem Ferienhaus, wir fühlten uns dort inzwischen heimisch. Sönke dachte darüber nach, das Objekt für uns zu kaufen. Aber er wollte das Haus erst bewohnen, und zwar nicht nur für ein paar Tage. Es kam ihm darauf an, die Umgebung und die Nachbarschaft gut kennenzulernen. Und natürlich war ihm die Qualität der Bausubstanz wichtig, damit es keine bösen Überraschungen gibt.«

Roland wandte sich an Henner: »Warum sind Sie Frau Brune nachgereist, obwohl Sie den Erpresser fürchten mussten? Dachten Sie, dass er Sie und Ihre Freundin auf der Insel nicht behelligen konnte?«

»Das war vielleicht meine Hoffnung, Herr Witte. Oder es lag daran, dass wir länger nichts mehr von dem Verbrecher gehört hatten. Da Paula und ich uns über mehrere Wochen hinweg nicht getroffen hatten, konnte er auch keine neuen Fotos von uns machen. - Ehrlich gesagt habe ich es vor Sehnsucht nach meiner Freundin nicht mehr ausgehalten. Es erschien mir wie ein Wink des Schicksals, als ich online ein freies Ferienhaus auf der Insel entdeckte. Jemand hatte seine Reise kurzfristig stornieren müssen, andernfalls hätte ich Ende August wohl keine Unterkunft gefunden. Außerdem befand es sich in unmittelbarer Nachbarschaft von Nieburgs Haus. Ich überlegte nicht lange, nahm meinen Urlaub und kam hierher.«

»Was machen Sie beruflich?«, wollte der Kommissar wissen.

»Ich bin im Messebau tätig. Momentan haben wir eine kleine Auftragsflaute, mein Chef konnte mir also kurzfristig freigeben.«

»Die heimlichen Treffen gingen auf Juist weiter«, stellte Antje fest. Paula und Henner nickten gleichzeitig. Die Polizistin fragte: »Wonach haben Sie in den Taschen des Toten gesucht, Herr Henner?«

Er schaute seine Freundin an, zögerte sichtlich. Paula antwortete an seiner Stelle: »Als Sönke gestern den Brief bekam, rutschte mir das Herz in die Hose. Ich meine, Einschreiben mit Rückschein – dafür musste Sönke höchstpersönlich unterschreiben. Ich fürchtete schon, dass der Umschlag neue Fotos enthalten würde. Vielleicht hatte der Erpresser ja ein grausames Spiel mit mir getrieben? Erst knöpfte er mir Geld ab, und dann lieferte er meinem Freund trotzdem Beweise für meine Untreue. Ich hätte den Brief gern an mich genommen, das können Sie mir glauben. Sönke meinte, das wäre nur geschäftlich – und ich müsse mich nicht darum kümmern. Ich sah auf dem Kuvert die Saarbrücker Anschrift und den Namen M. Rose, der mir nichts sagte. Also redete ich mir ein, dass es sich vielleicht wirklich nur um ein harmloses Immobilienangebot handelte. Sönke machte ja in ganz Deutschland und im angrenzenden Ausland Geschäfte. Doch als ich ihn morgens tot im Wohnzimmer liegen sah, kamen mir Zweifel.«

»Wie meinen Sie das?«, wollte die Kommissarin wissen. Paula erklärte: »Leo war, wie gesagt, nicht daheim. Im ersten Moment befürchtete ich, dass mein Bruder Sönke etwas angetan hätte. Doch auf dem Weg zur Polizeistation fiel mir noch eine andere Möglichkeit ein. Ich war sicher, dass Sönke den Brief gestern nicht mehr geöffnet hatte.

Wenn der Umschlag nun Fotos von Simon und mir enthielt? Sönke hatte ja ein schwaches Herz. Vielleicht hätte dieser Anblick ihn so aufgeregt, dass er daran verstorben wäre? Ich hatte ihn nicht näher angeschaut, bevor ich das Haus verließ. Also musste ich irgendwie Simon dazu kriegen, Sönkes Taschen zu durchsuchen. Ich schrieb ihm eine Textnachricht, wobei ich ihn natürlich vor der Polizei warnte.«

Henner fügte hinzu: »Als ich die Botschaft gelesen hatte, sah ich einen Polizisten, wie er sich vom Ferienhaus entfernte. Jetzt weiß ich, dass es Herr Witte war. Ich wusste nicht, ob sich noch ein zweiter Beamter drinnen befand. Jedenfalls hatte ich Paulas Zweitschlüssel, mit dem ich unauffällig hineingelangen konnte. Ich versuchte, möglichst leise zu sein. Das ist gründlich schiefgegangen, weil ich versehentlich gegen den Couchtisch gestoßen bin und die Vase zerbrach. Aber nun war ich schon mal da, es gab kein Zurück mehr. Ich durchsuchte Sönkes Taschen – und fand einen Schlüssel.«

»Den wollen wir sehen«, forderte Roland. Henner griff in seine rechte Hosentasche und gab dem Kommissar einen Schlüssel. Es war ein Exemplar von der Art, wie sie für Schließfächer benutzt wird. Antje trat neben ihren Kollegen und schaute sich den Schlüssel genauer an. Er war mit der Nummer 111 versehen und sah aus, als gehöre er zu einem der Schließfächer am Fährterminal in Norddeich. Vermutlich würden die Ermittler einen richterlichen Beschluss benötigen, um auf den Inhalt zugreifen zu dürfen. Dies konnte ein paar Tage in Anspruch nehmen, aber grundsätzlich würde die Justiz den Kommissaren keine Steine in den Weg legen. Immerhin ging es um die Aufklärung eines Mordfalls. Roland tat den Schlüssel in einen Beutel für Beweisstücke. Er forderte Henner mit einer Handbewegung zum Weitersprechen auf.

»Ich hörte, wie jemand aus dem ersten Stockwerk die Treppe herabgerannt kam. Daraufhin haute ich ab. Eine Polizistin rief, dass ich stehen bleiben sollte. Das waren Sie, Frau Fedder. Als ich vorhin Ihre Stimme wiedererkannte, bin ich ziemlich nervös geworden«, sagte Henner.

»Das ist uns nicht entgangen«, stellte Antje trocken fest. Sie fragte: »Was wird in dem Schließfach sein, das man mit diesem Schlüssel öffnen kann?«

»Ich habe keine Ahnung«, behauptete Henner. Paulas Antwort fiel anders aus: »Ist das nicht offensichtlich, Frau Fedder? Der Erpresser wird noch weiteres Belastungsmaterial gehortet haben, um mich in die Pfanne zu hauen. Und die Fotos sind garantiert in dem Schließfach.«

»Sie glauben, der Schlüssel war in dem Einschreiben?«

Diese Erklärung kam der Kommissarin unlogisch vor, denn warum sollte jemand Nieburg über die Untreue seiner Freundin informieren und ihn gleichzeitig mithilfe des Giftes töten? Doch als sie genauer darüber nachdachte, erkannte sie den heimtückischen Plan, der dahintersteckte.

»Wir werden herausfinden, was es mit dem Schlüssel auf sich hat«, versprach die Kommissarin. »Bevor wir gehen, habe ich noch eine letzte Frage an Sie, Frau Brune. Als Sie Simon Henner anriefen, sagten Sie: ‚Wahrscheinlich haben die Bullen etwas gemerkt‘. Was genau meinten Sie damit?«

»Na ja, dass Simon und ich ein Liebespaar sind … dadurch wären wir doch wahrscheinlich sofort unter Mordverdacht geraten, oder?«, lautete die Antwort.

»Haben Sie Sönke Nieburg denn getötet?«, fragte Roland direkt.

»Selbstverständlich nicht, Herr Witte!«, gab Paula empört zurück. »Ich habe auch Sönke geliebt, wenn auch auf andere Art als Simon!«

*

Die Kommissare verabschiedeten sich. Zuvor hatten sie sich Henners Mobilnummer geben lassen, um ihn jederzeit erreichen zu können. Genau wie Paula musste auch er sich für weitere polizeiliche Befragungen zur Verfügung halten.

»Die junge Dame scheint ein großes Herz zu haben«, meinte Roland, nachdem die beiden zur Wache zurückgekehrt waren und wieder ihre Uniformen trugen, »ihre Gefühle gelten gleich zwei Männern, und für Leo hat sie zweifellos auch noch jede Menge Geschwisterliebe übrig. - Die Frage ist nur, ob sie den Mord an Nieburg eingefädelt hat oder nicht.«

Während Roland sprach, machte er den sichergestellten Schlüssel für den Versand aufs Festland fertig. Der Gegenstand musste kriminaltechnisch untersucht werden, eventuell befanden sich noch minimale Spuren des Gifts auf dem Metall. Antje rief bei der Staatsanwaltschaft an und bat darum, einen Durchsuchungsbeschluss für das Schließfach auf den Weg zu bringen. Nachdem sie das Telefonat beendet hatte, ging sie auf die Bemerkung ihres Kollegen ein: »Wir hatten ja bisher vermutet, dass sich außer dem Giftpulver überhaupt nichts in dem Kuvert befunden hat – aber diese Annahme war offenbar ein Irrtum.«

»Du denkst also, dass der Schlüssel sich tatsächlich in dem Umschlag befunden hat, Antje?«

»Ja, warum sollte Henner uns ein falsches Beweisstück unterjubeln? Um von sich selbst abzulenken? Ich habe inzwischen ein deutlich besseres Bild von ihm. Abgesehen davon, dass er abgehauen ist, nachdem er die Taschen durchsucht hatte, hat er sich heute ganz anständig verhalten, finde ich. Paula wollte weiter lügen, oder? Er hat sie dazu bewegt, mit der Wahrheit herauszurücken«, sagte die Kommissarin.

»Dann glaubst du also die Geschichte von der Erpressung?«, wollte Roland wissen. Sie nickte und erwiderte: »Ich stelle es mir so vor, dass der Täter tatsächlich bereits zweimal Schweigegeld von Paula kassiert hat. Es wird sich um eine Person mit hoher krimineller Energie handeln. Man muss schon ganz schön abgebrüht sein, um in ein Hotelzimmer einzudringen und Fotos von den Schlafenden zu schießen. Und der Schließfachschlüssel ist jetzt sozusagen das Tüpfelchen auf dem I.«

»Wie meinst du das?«, fragte er. Antje erklärte: »Stellen wir uns vor, Nieburg hätte den Umschlag einfach geöffnet und den Schlüssel an sich genommen. Dabei kam er mit dem Gift in Berührung, wodurch er verstarb. Aber wäre diese Todesursache in jedem Fall erkannt worden? Immerhin litt er unter einer Vorerkrankung.«

»Ich ahne, worauf du hinauswillst«, sagte Roland. Sie fuhr fort: »Unser Inselarzt ist auf Zack, aber ein anderer Mediziner hätte die Vergiftung vielleicht nicht erkannt und als Todesursache einen Herzinfarkt diagnostiziert. Was wäre dann geschehen? Der Schlüssel befand sich in Nieburgs Besitz. Wenn man das Schließfach geöffnet hätte, würde man darin vielleicht weitere Fotos von Paula und ihrem Liebhaber finden – woraufhin ein Verdacht gegen sie aufkäme. Wenn dann die Leiche doch noch obduziert wird, stellt der Gerichtsmediziner natürlich die Vergiftung fest – woraufhin alles auf Paula als Täterin oder Anstifterin deutet.«

»So weit kann ich dir folgen, Antje. Trotzdem hat deine Theorie einen kleinen Schönheitsfehler: Paula könnte den Schlüssel einfach verschwinden lassen, wodurch das Belastungsmaterial nicht gefunden wird.«

»Daran hatte ich auch gedacht … der Täter könnte aber jederzeit unsere Ermittlungen durch einen anonymen Anruf in die von ihm gewünschte Richtung lenken«, meinte die Kommissarin. Sie fügte in Gedanken hinzu: *Bisher haben wir eine solche Nachricht aber nicht erhalten.* Antje wollte auf jeden Fall erfahren, was es mit dem Inhalt des Schließfachs auf sich hatte. Rolands Stimme riss sie aus ihren Überlegungen: »Wie wollen wir bei der Befragung von Hinrich Lake vorgehen? Du kennst ihn besser als ich … genauer gesagt weiß ich nur, wie er aussieht. Ich glaube nicht, dass ich schon mehr als drei Sätze mit ihm gesprochen habe.«

»Das könnte gut sein, denn Hinrich ist alles andere als eine Plaudertasche«, erwiderte die Kommissarin schmunzelnd, »am besten überlässt du das Reden mir. Hinrich war Papas Schulkamerad, daher kenne ich ihn schon mein ganzes Leben lang.«

»Auf welchen Insulaner trifft das eigentlich nicht zu?«, fragte Roland.

»Ich bin eben bodenständig«, sagte Antje. Sie musste allerdings zugeben, dass sie trotz der langen Bekanntschaft nicht wirklich viel über Hinrich Lake wusste. Er war ein stiller und unauffälliger Mann, dessen Anwesenheit oft übersehen wurde. Es machte ihn zweifellos stolz, dass sein einziger Sohn auf dem Festland studierte – doch er war kein Angeber, der mit einem solchen Erfolg in seiner Familie hausieren ging.

Die Kommissare verließen die Wache und fuhren zur langgezogenen Billstraße, die zur Domäne Bill weit im Westen von Juist führte. Das Haus der Lakes befand sich auf dem Straßenabschnitt unweit vom Pilzkopfanker. Dieses imposante metallene Relikt erinnerte an vergangene Seefahrerzeiten. Auch das kleine Rotziegelhaus der Lakes war nach Antjes Schätzung mindestens hundert Jahre alt. Es kam ihr windschief vor – als ob es sich vor den kräftigen Böen der kalten Jahreszeit beugen würde. Die Polizisten lehnten ihre Räder gegen den Gartenzaun. Nachdem Roland geklingelt hatte, wurde wenig später von Hinrich Lake geöffnet. Er war ein untersetzter Mann in den Sechzigern mit grauen Haaren, der trotz der immer noch recht warmen Temperaturen einen Troyer und eine Kordhose trug. Sein Blick wirkte furchtsam, er reckte den Kopf vor und fragte: »Seid ihr allein?«

Antje breitete die Arme aus: »Ja, so ist es, Hinrich. Wer sollte uns denn begleiten?«

»Der Gerichtsvollzieher«, lautete die Antwort.

Kapitel 9

Also handelte es sich bei Lakes Geldproblemen gar nicht um böswillige Gerüchte? Die Polizisten würden der Sache auf den Grund gehen. Antje blieb locker und freundlich: »Können wir mit dir schnacken, Hinrich?«

»Sicher, kommt rein. Gesine ist bei ihrem Nebenjob. Sie putzt neuerdings Ferienhäuser. Wir sind eben auf jeden Cent angewiesen – wegen meiner Dummheit!«

Mit einer solchen Offenheit hatte die Kommissarin nicht gerechnet, denn sie kannte diesen Mann eher als einen in sich gekehrten Menschen. Auf jeden Fall konnte sie sich nicht vorstellen, dass er ihr einen Bären aufbinden wollte. Ehrlichkeit hatte immer zu seinen wichtigsten Eigenschaften gehört.

»Meinen Kollegen Roland kennst du schon?«, fragte sie im Plauderton, während die beiden Lake in die altmodische, aber blitzsaubere Küche folgten. Als echter Inselfriese griff Lake sofort zum Wasserkessel, wobei er dem Kommissar zunickte: »Sicher, man sieht euch öfter zusammen im Ort. - Ihr seid doch auch ein Paar, oder?«

»Ja, das sind wir«, erwiderte Antje. Sie hatte nicht vor, ihr Privatleben allzu offen vor Lake auszubreiten. Doch auf einer kleinen Insel wie Juist blieb es nicht aus, dass die Menschen viel übereinander wussten – obwohl es auch auf dem »Töwerland« immer noch Geheimnisse zu entdecken gab. Lake nickte und murmelte: »Ja, du warst immer schon in Ordnung, Antje. Ich hätte mir für meinen Dirk auch gewünscht, dass er so eine Liebste wie dich findet … leider fällt er immer auf die falschen Frauen herein.«

Diese offenherzige Bemerkung machte die Kommissarin leicht verlegen. Andererseits war sie froh, dass Lake selbst das Gespräch auf seinen Sohn brachte. Wahrscheinlich redete er lieber darüber als über die finanzielle Klemme, in der er offenbar steckte. Es gab gewiss Gründe dafür, dass er mit dem Besuch eines Gerichtsvollziehers gerechnet hatte.

»Wann hast du Dirk denn zum letzten Mal gesehen?«, fragte sie.

»Vor vierzehn Tagen, da ist er für ein verlängertes Wochenende heimgekommen. Mein Sohn studiert ja in Saarbrücken, also ist sein Anfahrtsweg sehr lang … warum willst du das wissen, Antje?«

Die Kommissarin wollte sich nicht sofort in die Karten schauen lassen. Sie antwortete: »Das ist reine Neugier, sozusagen eine Berufskrankheit. Wir sind heute nicht wegen Dirk hier, Hinrich.«

Lake nickte.

»Es geht wahrscheinlich um den Todesfall in meinem Ferienhaus, oder?«, wollte er wissen.

»So ist es. Wie hast du davon erfahren?«, fragte Antje.

»Die Freundin von Herrn Nieburg hat mich angerufen, diese Frau Brune. Sie sagte, dass er unter ungeklärten Umständen ums Leben gekommen sei. Sie will das Haus aber selbst kaufen, sobald die Formalitäten mit dem Erbe geklärt sind.«

Das war eine interessante Neuigkeit, wie die Kommissarin fand. Ob Paula auf Juist bleiben wollte? Wenn Nieburg ein Testament zu ihren Gunsten aufgesetzt hatte, würde sie angesichts des geerbten Vermögens gewiss nicht mehr arbeiten müssen. Und einsam musste sie sich auch nicht fühlen, denn sie hatte ja Simon und Leo an ihrer Seite. Antje hakte nach: »Hat Frau Brune dir mitgeteilt, ob sie selbst auf der Insel bleiben will?«

Lake antwortete: »Ich glaube schon. Sie meinte, dass sie sich seit einigen Wochen hier richtig heimisch fühlen würde. Und ihr Bruder ist begeistert von Juist, er hat hier wohl auch schon Anschluss gefunden.«

Die Polizistin hatte Leo bisher eher für einen Einzelgänger gehalten, aber das war wohl ein Irrtum gewesen. Über den Bruder konnte sie sich später den Kopf zerbrechen. Jetzt drängte sich ihr eine andere Frage auf: »Wenn der Verkauf deines Ferienhauses gesichert scheint – warum machst du dir dann Sorgen wegen des Gerichtsvollziehers? Kann der Ertrag deine Schuldensumme nicht abdecken?«

Lake war deutlich anzusehen, dass dieses Thema ihm unangenehm war. Dafür hatte die Kommissarin vollstes Verständnis. Ihrer Erfahrung nach redeten viele Menschen nicht gern über ihre Geldsorgen. Doch bei ihrer Arbeit musste sie immer wieder darüber sprechen, denn zahlreiche Straftaten hingen mit Finanzproblemen zusammen.

»So einfach ist das nicht«, presste Lake hervor. »Nieburgs Tod hat mir einen gewaltigen Strich durch die Rechnung gemacht. Es wird jetzt eine Zeitlang dauern, bis Frau Brune ihr Erbe antreten kann. Und meine Gläubiger setzen mir die Pistole auf die Brust. Ich habe schon einige Fristen verstreichen lassen, ohne etwas zu unternehmen.«

Auch dieses Verhalten war für die Kommissarin in Zusammenhang mit Schulden nicht neu. Viele Menschen steckten den Kopf in den Sand, bis tatsächlich bei ihnen gepfändet wurde. Auf Juist war die Lage nicht so schlimm wie in manchen Städten auf dem Festland, aber auch hier hatte sie so etwas schon erlebt. Roland sagte: »Wenn ich einen Vorschlag machen darf – warum verkaufen Sie nicht einfach an einen anderen Interessenten? Es ist nicht Ihre Schuld, dass sich die Transaktion durch Nieburgs Tod verzögert. Und es gibt mehr als genug Menschen, die gern ein Ferienhaus auf unserer Insel erwerben wollen.«

Der Kommissar siezte Lake, weil dieser viel älter war als er selbst. Im Gegensatz zu Antje war Roland nicht auf Juist geboren und aufgewachsen. Angesichts ihrer langjährigen Bekanntschaft mit Lake duzte sie ihn natürlich. Roland benahm sich zwar normalerweise locker – dies bedeutete aber nicht, dass er ältere Personen nicht respektierte. Lake wandte sich ihm zu und erwiderte: »Normalerweise wäre das eine gute Idee. Allerdings habe ich mit Nieburg schon einen Vorvertrag abgeschlossen und eine Anzahlung erhalten. Ich kann das Dokument nicht so einfach für null und nichtig erklären. Deshalb muss ich das Geschäft mit seiner Erbin abwickeln.«

Nieburg schien eine ernsthafte Kaufabsicht gehabt zu haben. Nach Antjes Erfahrung war es eher ungewöhnlich, dass ein Interessent erst monatelang in einem Ferienhaus wohnte, bevor er es kaufte. Viele »Neu-Insulaner« wollten in dem Objekt selbst nur wenige Wochen im Jahr leben und es ansonsten vermieten. Nieburg hingegen hatte offenbar vorgehabt, gemeinsam mit Paula und Leo Juist als ständigen Wohnsitz zu wählen.

»Wie hoch ist eigentlich die vereinbarte Kaufsumme?«, fragte die Kommissarin so unverfänglich wie möglich. Lake nannte einen Betrag. Sie versuchte, sich ihre Irritation nicht anmerken zu lassen, und warf Roland einen warnenden Blick zu. Damit wollte sie ihn davon abhalten, eine Bemerkung zu machen. Er hatte nämlich genau wie sie erkannt, dass dieser Betrag für das Ferienhaus viel zu niedrig angesetzt war. Angesichts des großen Interesses vieler Investoren an Nordsee-Immobilien war das Doppelte oder sogar Dreifache realistisch.

Lake ist von Nieburg über den Tisch gezogen worden, dachte sie grimmig. Offenbar hatte der Käufer von der Notlage des Verkäufers Wind bekommen, ihm mit ein paar tausend Euro für den Vorvertrag »großzügig« aus der

Patsche geholfen und sich dadurch ein schönes Haus zum Schnäppchenpreis gesichert. Während die Polizisten mit dem Alten sprachen, hatte er den Tee aufgegossen und die Kanne auf den Tisch gestellt. Alle drei tranken nun von der Assam-Mischung, wobei sie nach Ostfriesenart erst Kandis in die Tasse taten, den Tee darauf gossen und schließlich die Komposition mit einem Schuss Sahne abrundeten. Diese kurze Pause gab Antje die Gelegenheit, ihre Gedanken zu sortieren.

»Wie bist du überhaupt in diese Zwangslage geraten, Hinrich?«, wollte sie wissen.

»Das passierte, weil ich ein alter Esel bin!«, stieß er hervor. Etwas ruhiger fuhr er fort: »Nach meiner Pensionierung habe ich mich gelangweilt und wusste nichts mit mir anzufangen. Unser Sohn war aus dem Haus, kam nur noch gelegentlich mal auf Besuch. Und ich kam auf die tolle Idee, meine Rente aufbessern zu wollen. Also fing ich an, mit Aktien zu spekulieren.«

»Ist das nicht ziemlich kompliziert?«, wollte Roland wissen.

»Eigentlich nicht«, behauptete Lake, »man eröffnet ein Depot, das wird sogar kostenlos geführt. Die Transaktionen macht man online oder per Telefon. Da ich von Computern nichts verstehe, habe ich öfter dort angerufen. Und anfangs konnte ich sogar ein paar tausend Euro verdienen.«

»Was sagte denn Gesine zu deiner neuen Freizeitbeschäftigung?«, fragte Antje. Lake schnitt eine Grimasse und erwiderte: »Sie fand es schön, dass wir ein paar Euro extra zur Verfügung hatten. Als es mit den Verlusten losging, habe ich es ihr verschwiegen. Das ging so lange, bis ich es nicht mehr vor ihr geheimhalten konnte.«

Lake war seine Unerfahrenheit mit Börsengeschäften zum Verhängnis geworden. Konnte seine finanzielle Notlage in Zusammenhang mit dem Mord an Nieburg stehen? Sie hakte nach: »Weiß Dirk eigentlich, wie es um dich steht?«

»Ich habe versucht, ihn nicht damit zu belasten. Der Junge soll sich auf sein Studium konzentrieren. Was nützt es denn, wenn er sich wegen seines alten Vaters den Kopf zerbricht? Aber als mein Sohn kürzlich hier war, hat er einen Streit zwischen mir und seiner Mutter mitbekommen. Natürlich wollte er wissen, worum es ging. Ich habe ihn beruhigt und ihm von dem Geschäft mit Herrn Nieburg erzählt. Wie hätte ich denn ahnen können, dass der Käufer sterben würde?«

Antjes Überlegungen zu Dirk Lake änderten sich schlagartig. Zuvor hatte sie geglaubt, dass der Student nur als Sündenbock des wahren Täters dienen sollte. Aber jetzt wurden die Karten neu gemischt. Auch Dirk konnte begriffen haben, dass sein Vater von Nieburg übervorteilt werden sollte. Für den Chemiestudenten war es gewiss einfacher als für andere Menschen, ein tödliches Gift zu beschaffen und per Brief zu verschicken. Sein einziger Fehler konnte darin bestanden haben, dass er seine eigene Adresse in Saarbrücken auf die Kuverts geschrieben hatte – eine Unachtsamkeit, die bei einem kriminellen Laien durchaus vorkommen konnte. Aber welche Rolle spielte der Schlüssel zum Schließfach, falls Dirk Lake der Täter war?

»Du hast Nieburg persönlich kennengelernt, Hinrich. Fällt dir jemand ein, dem du den Mord an ihm zutrauen würdest?«, fragte sie.

»Nee, auf keinen Fall«, antwortete der Alte kopfschüttelnd, »ich fand Herrn Nieburg nett, er hätte gut nach Juist gepasst. Der Kerl, der ihn umgebracht hat, kann nur ein Verrückter sein.«

Oder ein Sohn, der mit den falschen Methoden seinen Vater schützen wollte, dachte die Kommissarin. Sie sagte: »Danke für den Tee, Hinrich. Wir melden uns wieder, falls wir noch weitere Fragen haben.«

Kapitel 10

»Also ist Dirk Lake wieder mordverdächtig?«

Diese Frage stellte Roland, nachdem die beiden das Haus verlassen hatten und auf der Billstraße Richtung Osten fuhren. Antje erwiderte: »Jedenfalls sehe ich jetzt bei ihm ein Mordmotiv. Der Sohn erkennt, dass sein Vater übers Ohr gehauen werden soll. Da der Vorvertrag schon unterschrieben ist, kommt Hinrich Lake aus der Nummer nicht mehr heraus. Aber was wäre, wenn nicht nur Nieburg, sondern auch dessen Freundin und Erbin Paula Brune plötzlich versterben würden? Wäre das Geschäft dann geplatzt?«

»Daran zweifle ich«, meinte Roland, »aber es würde ja reichen, wenn Dirk dies *geglaubt* hat.«

»Ja, da bin ich ganz deiner Meinung«, sagte die Kommissarin, »und die Frage lautet jetzt, wie wir ihm die Tat nachweisen sollen. Dass seine Adresse auf den Umschlägen steht, reicht nicht. Jeder drittklassige Strafverteidiger würde uns dieses Argument um die Ohren hauen. Ganz abgesehen davon, dass wir selbst sofort vermuteten, dass Dirk unschuldig wäre und ihm jemand den Mord anhängen wollte. Wir brauchen handfeste Indizien – zum Beispiel seine DNA oder seine Fingerabdrücke auf den Kuverts.«

»Als Dirk seine Eltern auf Juist besucht hat, wird er nicht nur bei Papa und Mama am Küchentisch gesessen haben«, vermutete der Polizist, »vielleicht können wir Zeugen auftreiben, denen gegenüber er sich über Nieburg geäußert hat. - Moment mal! Hat Hinrich nicht gesagt, dass sein Sohn immer auf die falschen Frauen reinfallen würde? Wir sollten versuchen, eine Ex-Freundin von ihm zu finden, der gegenüber er sich geöffnet hat.«

»Das ist zumindest eine vage Chance«, stimmte Antje zu, »aber was die Ex-Freundin angeht, sollten wir nicht noch einmal zu Hinrich gehen. Er darf nicht spitzkriegen, dass wir seinen Sohn im Verdacht haben. Ich vertraue da eher auf meinen Vater. Er und Hinrich kennen einander seit einer halben Ewigkeit, und gelegentlich lässt sich Hinrich an Papas Theke sehen. Es könnte gut sein, dass Lake ihm sein Herz ausgeschüttet hat.«

»Dann lass uns das Angenehme mit dem Nützlichen verbinden«, schlug Roland vor. »Lass uns nachher in die *Juister Kajüte* gehen. Mit kriminaltechnischen Ergebnissen aus Oldenburg brauchen wir heute nicht mehr zu rechnen. Wenn die Kollegen mit der Analyse schon fertig wären, hätten sie bereits angerufen.«

Das war eine gute Idee, wie Antje fand. Der Tag neigte sich bereits dem Abend zu, die Urlauber genossen am Strand den Ausblick auf die untergehende Sonne am Horizont. Die Lichtstrahlen verliehen den Schleierwolken einen hellen Pfirsich-Farbton. Wieder einmal beglückwünschte die Polizistin sich selbst dazu, an einem so idyllischen Ort leben und arbeiten zu dürfen. Jetzt mussten sie und ihr Kollege nur noch den Mörder fangen, dann wäre alles perfekt. Doch an diesem Tag würde es wohl nicht mehr dazu kommen. Antje ging in ihre Wohnung hoch und zog sich um, zum zweiten Mal an diesem Tag. Sie und Roland verbrachten viele Abende in dem gemütlichen Lokal ihres Vaters, das sich an der Strandpromenade befand. Tjark Fedder war sein Leben lang zur See gefahren, bevor er als Rentner die *Juister Kajüte* aufgemacht hatte. Während Antjes Kindheit und Jugend hatte ihr Papa wegen seines Berufs oft durch Abwesenheit geglänzt. Sie lernte ihn eigentlich erst als Erwachsene richtig kennen. Da die beiden sich gut verstanden, kehrte sie so oft wie möglich bei ihm ein.

Hinzu kam, dass der alte Seebär ein guter Beobachter war und ihr oft mit Informationen weiterhelfen konnte.

Nachdem auch Roland sich wieder in Zivilkleidung geworfen hatte, holte er sie ab. Hand in Hand gingen die beiden durch die Warmbadstraße Richtung Strandpromenade. Die Abende wurden im September auf der Insel schon etwas frisch, aber Antje hatte eine Baumwolljacke über ihr Kleid gezogen. Auch Roland rechnete mit sinkenden Temperaturen, denn er hatte einen Troyer dabei, den er über sein T-Shirt ziehen konnte. Im Außenbereich der *Juister Kajüte* waren fast alle Tische besetzt, denn man hatte von hier aus einen guten Blick Richtung Dünen und Nordsee. Die Polizisten betraten die Schankstube, die Tjark mit zahlreichen Erinnerungsstücken an seine Fahrten auf allen Weltmeeren dekoriert hatte – von indonesischen Stabpuppen bis zu Holzmasken aus Westafrika. Antjes Vater stand auf seinem üblichen Platz hinter der Theke und zapfte Bier. Er lächelte fröhlich, als er seine Tochter und ihren Freund erblickte: »Moin, da seid ihr ja! Ich hab mich schon gefragt, wann ihr hier erscheinen würdet!«

Die Kommissarin blinzelte ihm zu, während sie auf einen Barhocker glitt.

»Angekündigt hatten wir uns aber nicht, Papa.«

»Das stimmt«, gab er zu, »aber ich hab von Silke erfahren, dass ihr wieder einen schwierigen Mordfall zu knacken habt. Da müsst ihr euch doch irgendwann einmal entspannen und neue Kräfte sammeln.«

»Und das kann man hier am besten tun«, meinte Roland.

»So ist es«, stellte Tjark zufrieden fest. Er hatte bereits damit begonnen, den Gerstensaft für die beiden in zwei Biertulpen laufen zu lassen. Natürlich konnte er sich denken, dass die Kommissare nicht nur wegen der netten Gesellschaft hergekommen waren. Doch Tjark Fedder war kein Mann, der mit seinem Wissen aufdringlich hausieren ging. Wenn Antje etwas von ihm wissen wollte, würde sie ihn schon direkt fragen müssen. Und das tat sie nun: »Was denkst du über Dirk Lake, Papa?«

Der Gastwirt legte seine Stirn nachdenklich in Falten, bevor er antwortete: »Dirk? Es ist schade, dass er der Insel den Rücken gekehrt hat – aber das liegt wohl an seinem Studium. Mein alter Schulkumpel Hinrich ist ja so stolz darauf, dass sein Sohn Chemiker werden soll. Und das kann man nun mal nicht auf unserer Insel lernen. Ich musste ja damals auch auf die Seemannsschule nach Elsfleth gehen.«

»Dirk kommt ja gelegentlich noch nach Juist«, sagte Roland, »ist er dir in letzter Zeit mal über den Weg gelaufen?«

Tjark nickte: »Ja, ab und zu schon. Es gibt ja genügend Lokale auf unserer schönen Insel, aber Dirk schaut gern in meiner *Kajüte* vorbei, was mich natürlich besonders freut. Er ist ein stiller Typ, für meinen Geschmack etwas zu ernsthaft. Aber sein Vater war als junger Mann genauso, wenn mich meine Erinnerung nicht trügt.«

»Weißt du noch, wann Dirk das letzte Mal hier war?«

»Das ist erst vor kurzem gewesen, Antje. Und er ist nicht lange geblieben, hatte wohl schlechte Laune. Ich würde auf Liebeskummer tippen.«

»Wie kommst du darauf?«, hakte die Kommissarin nach.

»Im Juni oder Juli kam Dirk mir auf der Strandstraße zu Fuß entgegen«, erzählte Antjes Vater, »er strahlte wie ein Honigkuchenpferd und hatte diese Rothaarige im Arm. Die beiden schienen frisch verliebt zu sein. Er grüßte nur kurz. Normalerweise redet er immer ein paar Sätze mit mir, immerhin kenne ich seinen Vater schon mein ganzes Leben lang. Aber an dem Tag hatte er nur Augen für seine

Freundin. Das verstehe ich natürlich, war ja auch mal jung ...«

Antje war ganz Ohr: »Eine Rothaarige, sagst du? Hast du die junge Frau später wiedergesehen, Papa? Es könnte ja eine Touristin gewesen sein, die längst wieder fort ist.«

Tjark schüttelte den Kopf: »Nee, eine Urlauberin ist sie nicht. Dirks Freundin – oder Ex-Freundin – hält sich immer noch hier auf, sie jobbt bei *Bodos Strandbar*.«

Diese Bude war der Kommissarin natürlich bekannt. Es handelte sich um einen Getränkeverkauf, der während der warmen Jahreszeit im Sand unweit vom Strandspielplatz aufgebaut wurde. Wenn Ende September die Saison allmählich zu Ende ging, wurde der Holzschuppen komplett demontiert und für die Wintermonate eingelagert. Antje hatte schon mal bei der rothaarigen jungen Frau einen Kaffee gekauft, allerdings nur wenige Worte mit ihr gewechselt – was an dem Kundenansturm während des sonnigen Tages lag. Da blieb keine Zeit für einen *Klönschnack*. Die Polizistin nahm sich vor, gleich am nächsten Morgen *Bodos Strandbar* einen Besuch abzustatten.

Tjark hatte nun die Biere fertig gezapft und stellte sie vor Antje und Roland auf den Tresen.

»Zum Wohl. - Hinrich kann froh sein, dass er so eine gute Frau und einen wohlgeratenen Sohn hat«, sagte Tjark.

»Wie meinst du das, Papa?«

»Hinrich hat Mist gebaut, weil er Schulden angehäuft hat«, antwortete der alte Seebär auf seine unverblümte Art. »Ihr ermittelt doch gewiss wegen des Toten in seinem Ferienhaus, oder? Dann werdet ihr auch schon herausgefunden haben, dass der arme Teufel dringend Geld braucht. Und ihr wisst ja, wie die Leute sind. Wenn sich erst herumspricht, dass in dem Haus jemand umgebracht wurde, wird es niemand mehr haben wollen – jedenfalls nicht zu einem akzeptablen Preis.«

Mit dieser Einschätzung lag Antjes Vater zweifellos richtig, wie sie fand. Ob Dirk – falls er überhaupt der Mörder war – daran gedacht hatte? Sie führte sich erneut vor Augen, das sie es nicht mit einem abgebrühten Gewohnheitsverbrecher zu tun hatte. Allein schon die Sache mit der eigenen Postanschrift war ein Schnitzer gewesen, der dem Täter das Genick brechen konnte.

»Dirk hat also ein gutes Verhältnis zu seinen Eltern?«, vergewisserte die Polizistin sich. Tjark antwortete: »Ja, soweit ich das mitbekommen habe. Hinrich war neulich bei mir im Lokal und hat sich mit Selbstvorwürfen überhäuft, weil er mit den Aktiengeschäften so viel Geld in den Sand gesetzt hat. Ich sagte ihm, dass jeder Mensch im Leben mal Fehler macht. Das schien ihn zu beruhigen, und er betonte, wie sehr er sich auf Gesine und Dirk verlassen könne. Die beiden würden alles für ihn tun, meinte er.«

Alles? Ob dazu auch ein Mord gehört? Diese Überlegung sprach Antje nicht offen aus. Stattdessen wechselte sie das Thema: »Was sagt ihr eigentlich zum Cup der sieben Ostfriesischen Inseln? Wie schätzt ihr die Chancen des TSV dieses Jahr ein?«

Wenn es um Fußball ging, hatten Tjark und Roland natürlich eine Meinung, und sie fachsimpelten nun leidenschaftlich über die Spielerqualitäten der Juister Amateurmannschaft. Nach einer Stunde verabschiedeten die Kommissare sich von dem Gastwirt, denn sie hatten schließlich wieder einen langen Arbeitstag vor sich. Inzwischen war die Sonne komplett untergegangen. Der Wind hatte aufgefrischt, und die Nordsee lag als dunkle Kulisse links von der Strandpromenade, nur hier und da von den roten und weißen Positionslaternen vorbeifahrender Schiffe garniert. Die beiden bogen wieder in die Warmbadstraße ein, als ihnen ein eng umschlungenes junges Paar entgegenkam.

»Moin, Herr Brune! Wir wussten gar nicht, dass Sie eine Freundin haben«, sagte Antje. Sie erinnerte sich daran, dass Leo sie bei ihrer ersten Begegnung für seine Ex gehalten hatte. Bei seiner neuen »Flamme« war eine solche Verwechslung nicht mehr möglich. Die junge Frau an seiner Seite hatte kein blondes, sondern rotes Haar. Leo Brune und die Bedienung aus *Bodos Strandbude* waren nach Antjes Meinung zweifellos ein schönes Paar.

Kapitel 11

Leo schien die Begegnung mit den beiden Polizisten gar nicht recht zu sein, aber auf der nächtlich-stillen Straße hatte es keine Ausweichmöglichkeiten gegeben. Antje tat so, als ob sie seine Beklemmung nicht bemerken würde: »Wollen Sie uns die junge Dame nicht vorstellen?«

»Äh, ja, natürlich«, murmelte er. »Das ist Natalie Gramberg, meine Freundin. - Und dies sind Kommissarin Fedder und Kommissar Witte. Sie untersuchen den Mord am Freund meiner Schwester.«

Antje hielt Natalie für hübsch, und zwar auf eine natürliche Art. Die Saisonarbeit in den Strandbars war ein Knochenjob, für den Modepüppchen ungeeignet waren. Die Aushilfen mussten auch bei hohen Temperaturen stundenlang in Bewegung bleiben und sich den Gästen dabei stets freundlich präsentieren. Die Kommissarin schaute sich Leos Freundin nun genauer an: Natalie trug ihr schulterlanges rotes Haar tagsüber hochgesteckt, genau wie Antje es auch tat. Am Ausgabefenster der Verkaufsbude sah man sie immer nur in Jeansshorts und schwarzem T-Shirt, während sie jetzt ein gestreiftes Strandkleid aus weichem Stoff trug, das ihre schlanke Figur betonte. Sie war ungefähr so groß wie die eins siebzig messende Polizistin.

»Ich hoffe, dass Sie den Täter bald fassen«, sagte die junge Frau zu den Kommissaren, »Leo hängt sehr an seiner Schwester. Paula ist wegen Sönkes Tod am Boden zerstört.«

»Wir tun unser Möglichstes«, versicherte die Kommissarin, »doch wir wollen Sie nicht länger aufhalten. Wir wünschen Ihnen noch einen schönen Abend.«

»Danke, ebenso«, gab Natalie zurück. Roland öffnete erst wieder den Mund, als die beiden die Wache erreicht und die Tür hinter sich geschlossen hatten.

»Was sagt man dazu – der kleine Leo hat eine Freundin!«

Antje dachte laut nach: »Und zwar nicht irgendeine junge Frau, sondern Dirk Lakes Ex – ob er von dieser Verbindung weiß?«

»Dies wird sich morgen gewiss klären lassen«, meinte der Kommissar, »und Leo müssen wir sowieso noch eingehender befragen. Mich interessiert brennend, wann er und Natalie zusammengekommen sind. Könnte bei Dirk Lake auch Eifersucht als Motiv eine Rolle spielen? Der Student hat vor kurzem noch seine Eltern auf Juist besucht, zu dem Zeitpunkt war Leo auch schon auf der Insel. Hat er Dirk die Freundin ausgespannt und dadurch die Lawine ins Rollen gebracht?«

»Wenn Leo Dirk in die Quere gekommen ist, dann wäre es folgerichtiger, den jungen Mann zu töten - und nicht dessen Schwester und ihren Freund«, gab Antje zu bedenken.

Roland erwiderte: »Das habe ich mir zunächst auch überlegt. Aber nehmen wir einmal an, dass auch der Giftanschlag auf Paula funktioniert hätte. Dann wäre Leo jetzt ganz allein auf der Welt, wenn ich das richtig sehe. Ich halte ihn nicht für einen Menschen, der ohne Hilfe gut zurechtkommt. Erinnere dich daran, wie wir ihn am Strand gefunden haben. Wäre es für ihn nicht ein besonders hartes Schicksal, ohne seine ihn umsorgende Schwester auskommen zu müssen? Und ich bin nicht sicher, ob Nieburg auch Leo finanziell abgesichert hat. Stell dir nur vor, er müsste sich allein auf sein Gesangstalent verlassen, um überleben zu können.«

»Wenn du mit deinen Vermutungen richtigliegst, dann wäre das ein wirklich heimtückischer Racheplan«, sagte

Antje. Sie fügte hinzu: »Wir sollten jetzt nicht länger spekulieren, es ist schon spät.«

Sie legte ihre Arme um Rolands Hals und küsste ihn. Dann gingen die beiden hoch zur Dienstwohnung im ersten Stockwerk über dem Wachlokal.

*

Am nächsten Morgen zog eine Regenfront über die Insel hinweg. Antje trank ihren ersten Tee des Tages und betrachtete nachdenklich die zahlreichen Tropfen, die gegen die Fensterscheibe prasselten. Roland hatte sich während der Nacht fortgeschlichen, wie er es meist tat, wenn er abends mit zu ihr kam. Auf diese Weise konnte er in seinem Pensionszimmer aufwachen und in frischer Uniform zur Polizeistation zurückkehren. Die Kommissarin wusste immer noch nicht, wie sie den Täter überführen sollte. Welche Chance hatten die Ermittler, wenn Dirk Lake den Mord einfach leugnete? Man musste nicht Chemie studiert haben, um im *Darknet* ein tödliches Gift zu kaufen. Diese Möglichkeit stand buchstäblich jedem offen – eine Tatsache, auf der jeder gute Strafverteidiger herumreiten würde. Aber vielleicht hatte Dirk ja Natalie sein Herz ausgeschüttet, als er noch mit ihr zusammen gewesen war. Wenn er sich negativ über Nieburg und den geplanten Ferienhausverkauf geäußert hatte, sah die Sache schon ganz anders aus. Antje wurde aus ihren Gedanken gerissen, als ihr Kollege die Tür aufstieß.

»Moin!«, rief Roland fröhlich und streifte seine Regenpelerine ab. Er ließ sich auf seinen Bürostuhl fallen.

»Fragen wir heute Natalie aus?«, wollte er wissen. Antje schaute auf die Uhr: »Ja, das habe ich vor. Allerdings öffnet *Bodos Strandbude* erst um neun ...«

Bevor sie weitersprechen konnte, klingelte das Telefon. Sie griff zum Hörer, meldete sich mit Namen und Dienstgrad. Paula Brune war am Apparat. Sie klang aufgeregt: »Guten Morgen, Frau Fedder! Wurde Ihnen auch schon mitgeteilt, dass der Fall gelöst ist?«

Im ersten Moment glaubte Antje, dass Paula sie veräppeln wollte. Sie hakte nach: »Nein, uns hat niemand informiert. Was ist geschehen?«

»Vor ein paar Minuten hat sich ein Kollege von Ihnen bei mir gemeldet, Hauptkommissar Nolte aus Köln. Er gehört zu einer Sonderkommission, die den Täter gefasst hat. Es wurde Fotomaterial sichergestellt, auf dem Simon und ich deutlich zu erkennen sind. Es scheint keine Komplizen gegeben zu haben, und der Verbrecher sitzt hinter Schloss und Riegel. Mehr kann ich Ihnen auch nicht sagen.«

»Nun, das sind ja schon ein paar Hinweise. Ich muss jetzt erst einmal selbst den neuesten Stand der Ermittlungen in Erfahrung bringen. Danke für den Hinweis.«

Mit diesen Worten beendete die Kommissarin das kurze Telefonat. Da der Lautsprecher eingeschaltet gewesen war, hatte Roland alles mitbekommen.

»Was hat das zu bedeuten?«, rätselte er.

»Frag mich etwas Leichteres«, murmelte Antje. Widersprüchliche Gefühle machten sich bei ihr breit. Einerseits freute sie sich natürlich, wenn ein Straftäter überführt werden konnte. Sie war nicht eifersüchtig – für sie spielte es keine Rolle, ob Roland und sie oder andere Polizeikollegen einem Verdächtigen seine Gesetzesbrüche nachweisen konnten. Aber sie hätte es gut gefunden, wenn man sie einbezogen hätte. Immerhin befassten die Juister Inselpolizisten sich intensiv mit dem Mord. Und wieso erntete jetzt ein Kölner Kriminalist die Lorbeeren, der sich weder in Saarbrücken noch auf der Nordseeinsel befand? Es gab nur einen Weg, dies herauszufinden: Antje rief im

Polizeipräsidium der Großstadt an. Schon wenig später wurde sie mit Hauptkommissar Nolte verbunden. Sie ermahnte sich selbst, ihre Gereiztheit nicht an dem Kollegen auszulassen. Noch wusste sie nicht, ob er sie absichtlich übergangen hatte: »Moin, mein Name ist Fedder. Ich arbeite bei der Dienststelle Juist. Wie ich höre, haben Sie gerade mit Paula Brune telefoniert. Es soll eine Festnahme gegeben haben.«

»Guten Morgen, Frau Fedder«, erwiderte Nolte fröhlich. Seine Stimme wies den typisch rheinischen Singsang auf. Er fuhr fort: »Frau Brune befindet sich momentan in Ihrem Zuständigkeitsbereich, nicht wahr? Ich bin gerade dabei, die Opfer abzutelefonieren. Auf Ihrer Insel hat es aber keine Straftat gegeben, soviel ich weiß.«

»Ich halte Mord schon für ein Verbrechen!«

Dieser Satz rutschte der Kommissarin heraus. Im nächsten Moment bereute sie ihre Worte bereits. Normalerweise gehörte Selbstbeherrschung zu ihren stärksten Charaktereigenschaften. Aber Noltes Äußerung hatte sie auf die Palme gebracht. Immerhin war Nieburg auf Juist gestorben, auch wenn der Mörder vom Festland aus agiert hatte! Es entstand eine kurze Gesprächspause, in der nur das Verkehrsrauschen im Hintergrund zu hören war. Das Kölner Präsidium stand am Walter-Pauli-Ring, und dort zog um diese Uhrzeit natürlich der Berufsverkehr vorbei. Wieder einmal empfand die Kommissarin tiefe Dankbarkeit dafür, dass sie es auf ihrer Heimatinsel nur mit dem Geräusch der Brandung und dem Kreischen der Möwen zu tun hatte.

»Verzeihen Sie, Frau Fedder – von einem Tötungsdelikt ist mir nichts bekannt. Wir können dem Verdächtigen bisher sechs Erpressungen eindeutig nachweisen«, sagte Nolte. Seine Stimme klang irritiert. Antje erkannte ihren Irrtum: Sie war davon ausgegangen, dass es einen

Zusammenhang zwischen den Delikten gab. Sie erwiderte: »Ich bin es, die sich entschuldigen sollte. Am besten wäre es, wenn Sie mir von Ihren Ermittlungen berichten, dann kann ich die Fakten besser einordnen.«

Nolte erzählte: »Vor einem Jahr erstattete ein Kölner Juwelier Strafanzeige, weil er erpresst wurde. Er hatte einen Seitensprung begangen und war dabei von einem Unbekannten fotografiert worden. Der Täter wusste offenbar nicht, dass sein Opfer bereits in Scheidung lebte und daher keine Veranlassung für die Zahlung von Schweigegeld sah. Wir bereiteten eine fingierte Übergabe der Summe vor, doch der Verbrecher wurde misstrauisch und entkam. Er ging sehr professionell vor. Daher nahmen wir an, dass es sich nicht um seine erste Straftat in dieser Richtung handelte.«

»Das hätte ich mir auch gedacht«, meinte Antje. Der Kölner Kollege fuhr fort: »Es gab mehrere vergleichbare Erpressungen, die Vorgehensweise war immer ähnlich: Bei den Opfern handelte es sich um wohlhabende Menschen oder deren Angehörige, die etwas zu verbergen hatten. Der Täter konnte geschickt ihre Geheimnisse herausfinden. Und er ging sehr diskret vor. Nicht jeder Erpresste verhielt sich uns gegenüber so kooperativ wie der Juwelier. Hinzu kam, dass sich einige der Straftaten in anderen Bundesländern ereigneten. Trotzdem wurde beschlossen, die Ermittlungen bei uns in Köln zu bündeln. So entstand die Sonderkommission Schleife.«

»Schleife?«, wiederholte die Kommissarin. Nolte erklärte: »Der Erpresser verlangte von den Opfern, ihm die Bargeldbeträge mit einer roten Seidenschleife gebunden zu überlassen. Das ist wohl seine spezielle Art von Humor. Auf jeden Fall wurde ihm diese Marotte zum Verhängnis, als wir beim Zugriff in seinem Hotelzimmer eines dieser Seidenbänder entdeckten. Es ließ sich nach kriminaltechnischer Untersuchung eindeutig dem bisher letzten Erpressungsopfer zuordnen, einem Chirurgen aus Düsseldorf.«

»Ich kenne nur eine Frau, die unter Druck gesetzt wurde, nämlich Paula Brune – mit der Sie bereits gesprochen haben«, erwiderte Antje. »Der Täter soll von ihr zweimal Geld kassiert haben.«

»Und er plante noch einen weiteren Versuch«, betonte der Kölner Kriminalist, »jedenfalls konnten wir Fotomaterial bei ihm sicherstellen.«

»Wer ist denn nun der Erpresser?«, fragte Antje gespannt.

»Sein Name lautet Bernd Glaser, Frau Fedder. Er ist polizeilich schon in der Vergangenheit in Erscheinung getreten, wegen schwerem Diebstahl und bandenmäßigem Betrug. Nach seiner letzten Haftstrafe hat er sich offenbar umorientiert und ist zu einem erfolgreichen Erpresser geworden, bis wir ihm auf die Schliche gekommen sind – und Sie glauben, dass er auch in einen Mord verwickelt sein könnte?«

»Ich weiß es nicht«, gestand die Kommissarin. Dann berichtete sie dem Kölner in groben Zügen, was bisher über die Giftbriefe bekannt war.

»Es liegt mir fern, mich in Ihre Ermittlungen einmischen zu wollen«, sagte Nolte, »aber wenn die Einschreiben vor drei oder vier Tagen in Saarbrücken aufgegeben worden sind, dann kann dies bestimmt nicht durch Glaser geschehen sein. Wir haben ihn nämlich seit einer Woche lückenlos überwacht. Er war im Kölner Raum unterwegs, ist auch nach Leverkusen gefahren – aber in Saarbrücken war er ganz bestimmt nicht. - Natürlich kann er einen Komplizen beauftragt haben, die Briefe in die Post zu geben, aber nach meiner Kenntnis hat der Täter stets allein gearbeitet.«

Warum sollte Glaser einen Mitwisser ins Boot holen?, dachte Antje. Die Vorstellung, dass Paulas Erpresser gleichzeitig Nieburgs Mörder sein könnte, löste sich immer mehr in Luft auf. Doch wenn in dem Schließfach keine entlarvenden Fotos lagen – was befand sich stattdessen darin?

»Sind Sie noch am Apparat, Frau Fedder?«

Die Stimme des Kölners riss sie aus ihren Überlegungen. Sie sagte: »Entschuldigen Sie, ich musste kurz die Fakten sortieren. - Immerhin wissen wir jetzt, dass es keinen Zusammenhang zwischen der Erpressung und dem Mord gibt.«

»Zumindest nicht, was Glaser als Verdächtigen betrifft«, unterstrich Nolte

»Es ist auf jeden Fall gut, dass wir nun über die Erpressung Bescheid wissen«, versicherte Antje. Dann bedankte sie sich bei dem Hauptkommissar und beendete das Telefonat. Roland hatte ihren Wortwechsel mit Nolte gespannt verfolgt. Der Kommissar sagte: »Mach nicht so ein langes Gesicht, auch diese Ermittlung gegen den Erpresser bringt unseren Mordfall voran. Nun müssen wir uns nicht mehr den Kopf wegen des Schließfachs zerbrechen. Früher oder später erfahren wir sowieso, was darin liegt.«

Er griff zum Telefonhörer.

»Wen willst du anrufen?«, fragte Antje.

»Ich lasse jetzt mal meinen Charme spielen und hake nach, wie es mit einem Durchsuchungsbeschluss für das Schließfach aussieht.«

Es dauerte nicht lange, bis Roland ein Ergebnis vorweisen konnte: »Siehst du, es geht voran. Der Schlüssel ist auf dem Festland angekommen und konnte zugeordnet werden. Das dazugehörige Schließfach befindet sich, wie schon vermutet, in der Anlage am Fährterminal Norddeich, das steht inzwischen auch fest. Die dortigen Kollegen bekommen innerhalb der nächsten Stunden grünes Licht von der Staatsanwaltschaft und werden dann freundlicherweise das Fach öffnen und uns den Inhalt zukommen lassen.«

»Das sind wirklich gute Neuigkeiten«, meinte Antje und fügte hinzu: »Komm, wir fahren zum Strand.«

Inzwischen hatte der Regen aufgehört. Wegen des ständigen Winds änderte sich das Wetter auf Juist oft schlagartig. Der heftige Niederschlag hatte nicht länger als eine halbe Stunde gedauert. Und wer außerhalb der heißesten Sommermonate das »Töwerland« besuchte, war an gelegentliche Schauer ohnehin gewöhnt. Die Polizisten ließen ihre Fahrräder beim Strandabgang am Herrenpfad zurück und stapften durch den nun feuchten Sand zu der Holzbude hinüber. Natalie war bereits auf ihrem Posten. Sie winkte den Kommissaren zu. So früh am Morgen gab es noch keine andere Kundschaft, offenbar hatte die Aushilfe *Bodos Strandbude* gerade eben erst aufgemacht. Das war Antje nur recht, so konnten sie und ihr Kollege ungestört mit der jungen Frau sprechen.

»Moin, was darf es sein?«, fragte Natalie. »Die Kaffeemaschine ist noch nicht ganz fertig mit der Zubereitung, aber alles andere steht schon bereit.«

Sie deutete auf den Kühlschrank hinter sich. Auch die mit Süßigkeiten und Snacks gefüllten Regale waren bereits von ihr bestückt worden. Antje wusste, dass Bodo ein Langschläfer war und erst mittags in seiner Bude aufkreuzte. Umso wichtiger war es für ihn, eine zuverlässige Mitarbeiterin zu haben.

»Die Getränke können warten, wir möchten Ihnen zunächst einige Fragen stellen«, sagte die Kommissarin. Natalie nickte: »Sicher, schießen Sie einfach los. Wenn ich dabei helfen kann, den Mörder zu fassen, will ich das gern tun. - Leo leidet sehr darunter, dass der Freund seiner Schwester nicht mehr lebt. Er versucht, es sich mir gegenüber nicht anmerken zu lassen – aber es nagt an ihm, das spüre ich ganz deutlich.«

»Wie sind Sie und Leo überhaupt zusammengekommen?«, wollte Roland wissen. Natalie reagierte mit einem offenen Lachen: »Bestimmt nicht, indem er den ersten Schritt gemacht hätte! Ich finde Leo süß, aber er ist doch sehr schüchtern. Manchmal versucht er, sich als ein großes zukünftiges Showtalent zu präsentieren … aber ich halte das für eine Träumerei. Ich glaube, wenn er auf einer Bühne stehen müsste, würde er vor lauter Nervosität erstarren. - Mir fiel auf, dass er jeden Tag zur Bude kam, ein Eis oder eine Cola kaufte und die Augen nicht von mir lassen konnte. Da fragte ich ihn einfach, ob er mit mir nach Feierabend einen Strandspaziergang machen würde. Allein wäre es mir zu langweilig. Er konnte sein Glück kaum fassen, und wir küssten uns noch am selben Tag. Seitdem sind wir ein Paar.«

Diese Aussage passte zu dem Bild, das Antje von Natalie hatte. Die junge Frau war gewiss nicht zurückhaltend. Das durfte sie auch nicht sein, wenn sie den ganzen Tag lang im Strandkiosk stand und sich mit den unterschiedlichsten Kunden befassen musste. Und Leo? Natalie hatte sein Verhalten höchst glaubhaft beschrieben. Die Kommissarin konnte sich ihn wahrhaftig nicht als Herzensbrecher und Aufreißer vorstellen. Dass Natalie die Initiative ergreifen musste, damit es zwischen ihnen funkte, kam der Ermittlerin logisch vor.

»Jetzt wissen wir, wie es zwischen Ihnen und Leo läuft«, begann Roland, »aber was können Sie uns über Dirk Lake sagen?«

Natalies Miene verdüsterte sich: »Am liebsten würde ich diesen Kerl einfach vergessen.«

»Aus welchem Grund?«

»Weil Dirk ein selbstverliebter Blender ist, Frau Fedder! - Anfangs habe ich mich von ihm einwickeln lassen. Ich war von seiner Klugheit beeindruckt, und er machte mir auch Komplimente. Nach und nach musste ich aber feststellen, dass er nur an sich dachte!«

Der Widerwillen, mit dem die junge Frau über den Verdächtigen sprach, kam der Kommissarin durchaus glaubwürdig vor. Allerdings schien Natalie ein völlig anderes Bild von Dirk Lake zu haben als andere Menschen, beispielsweise Antjes Vater. Deshalb hakte Antje nach: »Es heißt aber, dass Dirk ein sehr gutes Verhältnis zu seinen Eltern hat.«

»Eigennützig ist er trotzdem«, beharrte Natalie. »Ihm geht es nur um sein Erbe, deshalb stellt er sich zum Schein gut mit seinem Vater und seiner Mutter.«

Natürlich – wenn Hinrich Lake das Ferienhaus zu einem Spottpreis an Nieburg verkauft hätte, wäre dadurch auch Dirks späteres Erbe geschmälert worden. Vielleicht hätte der Student sogar die restlichen Schulden seines Vaters übernehmen müssen, wenn der Verkaufserlös nicht zur Tilgung ausgereicht hätte.

»Also hat Dirk Lake einen ganz anderen Charakter als Leo Brune?«, vergewisserte Antje sich. Natalie antwortete nicht sofort. Der Kaffee war inzwischen zubereitet. Sie goss unaufgefordert zwei Becher für die Polizisten voll und stellte diese auf die schmale Verkaufstheke. Dann sagte sie: »Ehrlich gesagt hatte ich zum Schluss sogar Angst vor Dirk. Ich war froh, als er wieder aufs Festland musste, um sein Studium fortzusetzen.«

»Hat er Sie konkret bedroht?«, fragte Roland. Natalie antwortete: »Nein, mich nicht. Er hat übrigens mit mir

Schluss gemacht, nicht etwa umgekehrt. Ich glaube, das wäre nicht gegangen. Dann hätte ich mich meines Lebens nicht mehr sicher fühlen können. Dirk ist kein Mann, der ein Nein hinnimmt. Und ich halte ihn für sehr nachtragend. Ich erinnere mich daran, wie uns einmal ein Mann am Strand begegnete, den er aus seiner Schulzeit kannte. Dirk grüßte ihn freundlich. Doch als der Kerl außer Hörweite war, sagte er zu mir: ‚Ich hab ihn mal vergiftet, als er mich nicht abschreiben lassen wollte'. Im ersten Moment dachte ich, dass Dirk mich auf den Arm nimmt. Aber dann erzählte er mir stolz, dass er dem anderen Schüler ein Gift in die Thermoskanne getan hätte. Ist das nicht grausam? Angeblich hat sein Opfer damals auf der Intensivstation gelegen, er musste per Hubschrauber aufs Festland geschafft werden.«

Gift scheint wirklich Dirk Lakes bevorzugte Waffe zu sein, dachte Antje grimmig.

Kapitel 12

Die Kommissare tranken ihren Kaffee aus. Antje ließ sich Natalies Mobilnummer geben und bedankte sich für die Informationen. Während sie sich von der Strandbude entfernten, sagte Roland: »Es ist wirklich schade, dass wir den Namen dieses Jungen nicht kennen, den Dirk damals vergiftet haben soll. Gibt es eine Chance, ihn herauszubekommen? So groß ist die Inselschule nicht.«

»Natürlich lässt sich in Erfahrung bringen, welcher Jugendliche per Helikopter in eine Klinik gebracht werden musste«, erwiderte Antje, »ich verspreche mir bloß nicht allzu viel davon. Wenn damals Gift im Spiel war, hat es garantiert eine polizeiliche Untersuchung gegeben. Und falls Dirk in Verdacht geraten oder gar angeklagt worden wäre, wüsste ich davon. Vermutlich ist die Sache als Lebensmittelvergiftung oder Ähnliches zu den Akten gelegt worden.«

Trotz ihrer eigenen Skepsis überprüfte die Kommissarin den Verdächtigen, nachdem die beiden wieder die Polizeistation erreicht hatten. Das Ergebnis war eindeutig: »Dirk Lake ist niemals beschuldigt oder verurteilt worden, Roland. Er hat eine weiße Weste.«

Bevor der Kommissar etwas erwidern konnte, klingelte das Telefon. Diesmal nahm er das Gespräch entgegen. Da der Lautsprecher immer noch eingeschaltet war, konnte Antje mithören: »Moin, hier spricht Uwe Brodersen vom Kommissariat Norden. - Es geht um den Durchsuchungsbeschluss für das Schließfach. Ihr hattet darum gebeten, über das Durchsuchungsergebnis unterrichtet zu werden.«

»Ja, genau. Habt ihr etwas für uns?«, fragte Roland hoffnungsvoll.

»Es war – nichts.«

»Wie bitte?«, hakte der Kommissar nach. Auch Antje konnte nicht glauben, was Brodersen soeben gesagt hatte.

»Ich habe mich schwammig ausgedrückt«, gab der Norder Kollege zu, »nachdem ich den Durchsuchungsbeschluss hatte, bin ich damit zum Fährterminal in Norddeich gefahren. Der Schlüssel passte nicht. Nach einigem Hin und Her haben die Mitarbeiter dort herausgefunden, dass das Fach schon vor Wochen zwangsgeöffnet worden war, weil die Mietzeit abgelaufen war und keine Münzen mehr nachgeworfen wurden. Das Fach war leer gewesen. Und jetzt hat es natürlich ein anderes Schloss.«

Antje war enttäuscht. Sie hätte nicht sagen können, was genau sie sich von der Durchsuchung erhofft hatte – idealerweise natürlich Indizien, mit denen man den Mörder festnageln konnte. Auch Roland hatte andere Erwartungen gehabt, das konnte sie seinem Gesicht ansehen. Aber er stellte nun eine wichtige Frage: »Das ist bedauerlich. Hast du denn eine Ahnung, wer das Schließfach gemietet haben könnte? Da man nur Münzen einwerfen muss, funktioniert das ja völlig anonym.«

»Ich habe bisschen rumgefragt und hatte Glück. Das Schließfach hatte ja mit der 111 eine einprägsame Nummer. Eine der Angestellten von der Imbisstheke konnte sich erinnern, dass ein Mieter genau dieses Schließfachs bei ihr Geld gewechselt hatte und sie noch herumgealbert hatten, dass er es schön fand, ein Schließfach mit seinem Geburtsdatum gefunden zu haben, also dem 1. November. Sie stammt aus Juist und kannte ihn. Es ist ein gewisser Dirk Lake. Ob er natürlich der Mieter ist, den Ihr sucht, weiß ich nicht. Denn wann das genau war, konnte sie nicht sagen. Ist aber auf jeden Fall schon eine Weile her«, antwortete Brodersen. Roland bedankte sich bei ihm für die Amtshilfe und legte auf. Dann sagte der Kommissar: »Habe ich das alles richtig verstanden, Antje? Dirk schickt Nieburg einen Schlüssel zu einem leeren Schließfach, dass es inzwischen geöffnet wurde, weiß er ja vielleicht nicht, und tut außerdem tödliches Gift in das Kuvert. Am nächsten Tag bekommt Paula ebenfalls einen Brief, über dessen Inhalt wir allerdings nur spekulieren können. Noch wissen wir nicht, ob sie ebenfalls auf dem Postweg getötet werden sollte.«

»Ja, uns fehlen wichtige Fakten«, bestätigte seine Kollegin. »Du hattest vorhin Erfolg damit, telefonisch nachzufassen. Das werde ich jetzt auch probieren.«

Sie nahm Kontakt mit dem kriminaltechnischen Labor Oldenburg auf. Es dauerte nicht lange, bis sie mit einem Spezialisten namens Jan Voss verbunden wurde. Sie hatte schon öfter mit ihm zu tun gehabt.

»Moin, Frau Fedder«, sagte er, »Sie rufen gewiss wegen der beiden Briefkuverts an, die Sie uns zukommen ließen.«

»Ja, allerdings. Ihre Analyse ist für unsere Ermittlungen sehr wichtig, daher will ich Sie ganz lieb bitten, ob Sie eventuell diesen Auftrag vorziehen ...«

Voss fiel ihr ins Wort: »Das ist schon erledigt, ich habe die Arbeit gleich heute Morgen als Erstes abgeschlossen. - Beide Umschläge enthalten hoch konzentriertes Rizin – ein tödlich wirkendes Gift, das sowohl über die Haut als auch über die Atemwege aufgenommen werden kann. In dem Kuvert, das noch verschlossen und an eine Dame adressiert war, fand sich eine größere Menge. Außerdem war ein gefaltetes Blatt Papier ohne Aufschrift darin. In dem bereits geöffneten Umschlag hingegen ließen sich nur noch Spuren der Substanz nachweisen.«

Kein Wunder, dachte Antje, *Nieburg hat ja mit den Fingern hineingegriffen.* Sie fragte: »Hätte die Menge in dem verschlossenen Kuvert gereicht, um einen Menschen zu töten?«

Voss antwortete: »Davon ist auszugehen, Frau Fedder. - Rizin scheint übrigens ein beliebtes Gift für Anschläge per Brief zu sein. Das liegt wohl daran, dass es in Pulverform leicht über die Haut aufzunehmen ist. Es hat in der Vergangenheit mehrfach Versuche gegeben, Politiker mithilfe dieser Substanz ins Jenseits zu befördern.«

»Ich habe gelesen, dass manche Verbrecher Rizin selbst hergestellt haben. Benötigt man dafür besondere chemische Kenntnisse?«, wollte die Kommissarin wissen.

»Grundsätzlich lässt sich die Substanz relativ einfach produzieren, wobei man natürlich aufpassen muss, nicht selbst von dem Teufelszeug kontaminiert zu werden«, erklärte der Spezialist, »aber ein Verbrecher, der sich im Chemielabor nicht sicher fühlt, kann Rizin natürlich auch einfach im *Darknet* kaufen.«

»Ich verstehe. - Wir versuchen immer noch, den wahren Absender der Briefe zu ermitteln«, sagte Antje. Sie fuhr fort: »Wäre es möglich, Täter-DNA auf den Kuverts nachzuweisen? Mir ist bewusst, dass die Briefe durch viele Hände gegangen sind – aber einen Versuch ist es wert, finde ich.«

»Die DNA-Analyse wird noch etwas Zeit in Anspruch nehmen«, erklärte Voss. »Ich konzentriere mich dabei auf die Klebelaschen. Wer immer die Briefe abgeschickt hat, wird sie mit seinem Speichel befeuchtet haben. Ich melde mich wieder bei Ihnen, sobald ein Ergebnis vorliegt.«

Die Polizistin bedankte sich und beendete das Telefonat.

»Allmählich wird es eng für Dirk Lake«, prophezeite Roland. Antje nickte, sie war immer noch in Gedanken. Ohne ein Geständnis des Täters würde eine Anklage auf äußerst wackligen Füßen stehen, darüber machte sie sich keine Illusionen. Gewiss, Dirk Lake hatte Motiv und Gelegenheit für den Mord gehabt. Alle bisherigen Informationen schienen auf ihn zu deuten – und zwar ihrer

Meinung nach ein wenig zu eindeutig. Am liebsten hätte Antje den Verdächtigen selbst befragt, und zwar bei einem persönlichen Gespräch. Wenn sie ihm Auge in Auge gegenübersitzen konnte, würde sie schon die Wahrheit erfahren. Am besten wäre es, ihm eine Vorladung zu schicken. Bevor sie ihre Überlegung fortführen konnte, klingelte es an der Tür. Sie erhob sich von ihrem Bürostuhl und öffnete. Paula Brune stand lächelnd vor ihr.

»Ich möchte mich noch einmal ganz herzlich bei Ihnen und Ihrem Kollegen bedanken, Frau Fedder.«

Antje trat beiseite und bat die Besucherin herein. Als Paula Platz genommen hatte, erwiderte die Kommissarin: »Ich bin nicht sicher, ob Sie den Kölner Kollegen richtig verstanden haben. In dem Erpressungsfall erfolgte tatsächlich eine Verhaftung. Es gab außer Ihnen noch etliche weitere Opfer, die dem Verdächtigen Schweigegeld gezahlt haben. Mit dieser Festnahme hatten Herr Witte und ich allerdings nichts zu tun. Und der Mörder Ihres Freundes befindet sich immer noch auf freiem Fuß.«

Diese Nachricht schien Paula zu schockieren: »Wirklich? Dann habe ich den Polizisten am Telefon wohl falsch verstanden.«

Oder nicht richtig zugehört, dachte Antje. Sie sagte: »Der Erpresser kann die Einschreiben an Sie und Herrn Nieburg nicht abgeschickt haben, sein Alibi ist wasserdicht. Mehr darf ich Ihnen zu dieser Ermittlung nicht verraten.«

»Nimmt dieser Alptraum denn niemals ein Ende?«, gab Paula seufzend von sich. »Heute Morgen ist Leo auch schon wieder fort. Diesmal hat er immerhin einen Zettel hinterlassen und mir mitgeteilt, dass er bei seiner Freundin ist. Ich hoffe nur, dass die Schreckschraube auf seine Zuckerwerte achtet.«

»Das hört sich nicht so an, als ob Sie und Natalie Gramberg die besten Freundinnen wären«, stellte Roland nüchtern fest. Paula rollte mit den Augen und erwiderte: »Nein, das kann man wirklich nicht sagen. Es ist ja nicht so, dass ich meinem kleinen Bruder sein Glück nicht gönnen würde. Aber dieses Biest tut ihm nicht gut. Natalie ist besitzergreifend und krankhaft eifersüchtig. Ich bin Leos große Schwester, richtig? Aber sie behandelt mich wie eine Rivalin. Wenn es nach Natalie ginge, dann würde sie meinen Bruder am liebsten ganz für sich allein haben.«

Die Kommissarin runzelte die Stirn: »Ist das der Grund, weshalb Sie mir Leos Beziehung zu der jungen Frau verschwiegen haben, als Sie die Vermisstenanzeige aufgeben wollten? Es wäre doch naheliegend gewesen, Ihren Bruder zuerst bei Natalie zu suchen, als Sie ihn im Ferienhaus nicht antrafen.«

»Ich habe überhaupt nichts verheimlicht!«, gab Paula erbost zurück. Etwas ruhiger fuhr sie fort: »Leo war es, der nicht mit offenen Karten gespielt hat. Und ich wette, dass dieser kleine Satansbraten dahintersteckt. Ich habe die beiden zufällig zusammen gesehen, woraufhin ich Leo später auf seine weibliche Begleitung ansprach. Anfangs freute ich mich für ihn, aber das änderte sich schnell.«

»Aus welchem Grund?«

»Weil ich merkte, dass Natalie meinen Bruder gegen mich aufhetzen wollte, Frau Fedder! Leo ist nun mal an Diabetes erkrankt. Er muss damit leben, wie es so viele andere Menschen auch tun. Aber Natalie redet ihm ein, dass alles halb so schlimm sei und es mir nur darum gehen würde, ihn von mir abhängig zu machen und ihn zu kontrollieren. ‚Du hättest es am liebsten, wenn ich immer nur ein kleiner Junge bleiben würde!‘ Diesen Satz warf er mir gestern an den Kopf. Bevor Leo dieser Frau über den

Weg gelaufen ist, hätte er solche Sprüche niemals von sich gegeben.«

»Ihnen ist nicht bekannt, wie lange die beiden schon ein Paar sind?«, fragte Antje. Paula verschränkte die Arme vor der Brust und erwiderte kopfschüttelnd: »Nee, das kann ich Ihnen nicht sagen. Leo wird Natalie hier auf Juist kennengelernt haben, mehr weiß ich nicht. Ehrlich gesagt hatte ich gar nicht angenommen, dass er sich überhaupt für Mädchen interessiert. Es kam mir so vor, als ob er immer nur für seine Musik gelebt hätte. Es würde mich nicht wundern, wenn Natalie die erste Frau in seinem Leben ist.«

Diese Annahme kam auch der Kommissarin glaubhaft vor. Leo hatte auf sie den Eindruck eines sehr unerfahrenen jungen Mannes gemacht, obwohl er nach eigenen Angaben schon eine Ex-Freundin hatte. Aber vielleicht war es in dieser Beziehung ja beim Händchenhalten geblieben. Paula hatte jedenfalls ein viel negativeres Bild von Natalie als Antje selbst. Lag es daran, dass die Schwester ihren Bruder zu sehr behütete und unselbständig hielt? Oder hatte Natalie es verstanden, sich den Polizisten gegenüber nur von ihrer Schokoladenseite zu präsentieren? Antje beschloss, zumindest noch eine weitere Meinung einzuholen. Sie sagte: »Wir führen die Ermittlungen mit Hochdruck weiter, Frau Brune. Sobald es Neuigkeiten gibt, melden wir uns bei Ihnen.«

Paula verstand den Wink mit dem Zaunpfahl und verließ die Wache. Die Kommissarin schaute ihr durch das Fenster nach.

»Der Giftanschlag auf diese Frau ist gescheitert, Roland. Wir müssen damit rechnen, dass der Täter es noch einmal versucht.«

»Ja, aber wir sind nun vorgewarnt«, unterstrich ihr Kollege. »Und solange Dirk Lake auf dem Festland ist und sie keine Briefe öffnet, dürfte sie sicher sein.«

Aber nur, falls er wirklich der Mörder ist, dachte Antje. Ihre Überlegungen behielt sie einstweilen für sich. Sie waren einfach unausgegoren. Die Polizistin benötigte mehr Fakten, um ihre Annahmen untermauern zu können. Antje setzte ihre Dienstmütze auf und schaute Roland erwartungsvoll an.

»Was hast du vor?«, fragte er verblüfft.

»Wir werfen jetzt jemanden aus dem Bett!«

*

Bodo Sprakel wohnte in einem Neubau in der Mittelstraße. Auf Juist wurde großer Wert darauf gelegt, »Bausünden« wie auf einigen anderen Inseln zu vermeiden. Daher fügte sich auch dieses Gebäude harmonisch in den Straßenzug ein. In dem Haus befanden sich vier Apartments, Bodo Sprakel lebte in jenem auf der linken unteren Seite. Die Kommissarin klingelte bei ihm Sturm.

»Bodo gehört doch der Strandkiosk, oder? Was willst du denn von ihm?«, fragte Roland.

»Lass dich überraschen«, erwiderte sie. Es dauerte noch ein wenig, bis Sprakel den Summer betätigte. Die Kommissare betraten den Hausflur. Der Strandbudenbesitzer stand in der offenen Wohnungstür, nur mit Boxershorts und einem T-Shirt bekleidet. Er war ein rundlicher Mann in den Fünfzigern mit einem Walross-Schnurrbart. Das dunkelbraune gewellte Haar stand von seinem Kopf ab. Es war offensichtlich, dass die Klingel ihn aus dem Tiefschlaf gerissen hatte.

»Was wollt ihr denn?«, krächzte er. »Ist etwas mit meinem Laden passiert?«

»Nein, da müsste alles in bester Ordnung sein«, erwiderte Antje. »Wir müssen nur kurz mit dir reden, Bodo.«

Er unterdrückte ein Gähnen und ließ die Beamten herein: »Na gut, aber ich kann keine große Hilfe sein. Ihr seid bestimmt wegen dieses Mordes unterwegs, richtig? Ich hab Nieburg kaum gekannt, er war ein oder zwei Mal an meinem Kiosk und hat dort eine Kleinigkeit gekauft. Ich weiß noch nicht mal, wann ich ihn zuletzt gesehen habe.«

Sprakel taumelte in die offene Küche, die übergangslos ans Wohnzimmer grenzte. Er schaltete die Kaffeemaschine ein, die er offenbar schon am Vorabend mit Wasser und Kaffee bestückt hatte. Jedenfalls begann sie sofort zu arbeiten. Antje erklärte: »Es geht uns um die Glaubwürdigkeit einer Zeugin, Bodo. Wir sprechen über deine Mitarbeiterin Natalie Gramberg. Was für einen Eindruck hast du von ihr?«

Der Kioskbesitzer hob die Schultern: »Ich weiß nicht, was ich sagen soll … eigentlich ist Natalie eine richtige Perle. Während der Hauptsaison hat sie geschuftet wie ein Brauereipferd, ohne sich jemals zu beklagen. Sie ist immer freundlich, auch bei schwierigen Kunden. Und sie denkt mit – bevor die Vorräte zur Neige gehen, weist sie mich auf nötige Nachbestellungen hin.«

»Und doch ist in deiner Lobeshymne das Wort *eigentlich* aufgetaucht«, stellte Roland fest.

Sprakel verzog den Mund und sagte: »Natalie bekommt einen Tag in der Woche frei, zuletzt am 1. September. Also ging ich davon aus, dass sie am 2. September morgens den Kiosk aufschließen würde. Stattdessen rief sie mich an und behauptete, einen Zug verpasst zu haben und erst später zurückkehren zu können. Ich war stinksauer, weil ich mit der Arbeit alleingelassen wurde. Sie erschien erst am späten Nachmittag des 2. September, also hatte sie eigentlich fast zwei Tage frei gehabt, oder? Sie entschuldigte sich tausendmal und bot mir an, dass ich ihren nächsten freien Tag streichen könnte. Ich kann

Natalie nicht lange böse sein. Ihr wisst doch, wie schwer es ist, überhaupt Personal zu bekommen.«

Die Polizistin nickte nur. Einen Zug verpasst? Auf Juist verkehrte schon lange keine Bahn mehr, obwohl es immer noch eine Bahnhofstraße gab. Also musste Natalie auf dem Festland gewesen sein, falls ihre Ausrede der Wahrheit entsprach.

»Das war schon alles, Bodo. - Vielen Dank für deine Offenheit – und erzähle Natalie bitte nicht, dass wir uns nach ihr erkundigt haben.«

Mit diesen Worten verabschiedete sich die Kommissarin von dem Budenbesitzer. Auf dem Rückweg zur Polizeistation sagte Roland: »Jetzt weiß ich, aus welchem Grund du dich nach Leos Freundin erkundigt hast – die beiden Einschreiben wurden nämlich am 1. September in Saarbrücken abgestempelt! Und Natalie scheint für diese Zeit kein Alibi zu haben.«

Kapitel 13

Antje reagierte zunächst nicht auf die Worte ihres Kollegen. Auf der Wache angekommen schaltete sie ihren PC ein und rief die Fahrplanauskunft der Deutschen Bahn auf. Die Polizistin sagte: »Wenn Natalie mit der ersten Fähre des Tages Juist verlassen hat und direkt danach in Norddeich den Intercity erwischen konnte, dann hat die Fahrt nach Saarbrücken mit mehrfachem Umsteigen trotzdem mehr als sieben Stunden betragen. Es wäre also gar nicht möglich gewesen, noch am 1. September auf die Insel zurückzukehren. Das konnte erst am nächsten Tag gelingen.«

Roland war skeptisch: »Einverstanden, aber dadurch wird diese Frau noch nicht zur Täterin. Ich sehe bei ihr kein Motiv für den Mord an Nieburg. Und übrigens: Warum hat Paula ihr Einschreiben erst einen Tag später bekommen, wenn doch beide Sendungen am 1. September abgestempelt wurden?«

»Deine letzte Frage kann ich nicht beantworten«, erwiderte Antje, »da ist vielleicht im Verteilerzentrum etwas schiefgelaufen. - Und Natalies Motiv hat garantiert etwas mit den beiden Männern in ihrem Leben zu tun, nämlich Dirk und Leo. - Warum nimmt sie eine so lange Fahrt auf sich, nur um den Verdacht auf Dirk Lake zu lenken?«

»Falls es überhaupt so gewesen ist«, schränkte der Kommissar ein. »Sollten wir nicht zunächst herausfinden, warum Dirk Lake ein leeres Schließfach gemietet hat?«

Antje musste zugeben, dass diese Frage immer noch im Raum stand. Die Kommissarin nahm Kontakt mit Hinrich Lake auf und ließ sich von ihm die Mobilnummer seines Sohnes geben. Sie beschloss, den Stier bei den Hörnern zu packen. In ihren Augen war der Student nicht mehr der

Hauptverdächtige, was ihr Kollege offenbar anders sah. Sie hoffte auf eine plausible Erklärung für das Schließfach, in dem nur Luft aufbewahrt wurde.

»Was wollt ihr denn von Dirk?«, fragte Hinrich Lake ängstlich.

»Ich habe nur ein paar Routinefragen«, versicherte die Kommissarin. Lake schien nicht überzeugt zu sein, gab ihr aber schließlich doch die Nummer. Wenig später rief sie mit ihrem Smartphone den Studenten an: »Moin, Dirk. Hier ist Antje Fedder von der Polizei Juist.«

Im Hintergrund war Stimmengewirr und Lachen zu hören. Sie führte sich vor Augen, dass der Student wahrscheinlich an der Uni war.

»Antje – das ist ja eine Überraschung. Ich habe dich und deinen Kollegen neulich von weitem gesehen, als ich meine Eltern besucht habe. Jetzt bin ich wieder in Saarbrücken, ich hab gerade Pause zwischen zwei Vorlesungen.«

»Ich will dich nicht lange stören«, versicherte sie. »Hauptsächlich möchte ich wissen, ob du einen Schlüssel vermisst.«

Nach einer kurzen Pause antwortete Dirk: »Einen Schlüssel? Nee, nicht dass ich … doch, jetzt fällt es mir wieder ein: Ich hatte ein Schließfach am Fährterminal gemietet, und der Schlüssel dazu ist spurlos verschwunden. Wahrscheinlich hab ich ihn verbummelt.«

»Mich würde es nervös machen, wenn der Schlüssel zu meinem Schließfach fort wäre«, sagte die Kommissarin.

»Das Fach ist inzwischen leer, da ist sowieso nichts mehr zu holen«, erwiderte Dirk. Kam es Antje nur so vor – oder klang seine Stimme plötzlich traurig?

»Das musst du mir näher erklären«, forderte sie.

»Vor ein paar Monaten habe ich bei einem Quiz drei Goldmünzen gewonnen«, lautete die Antwort. »Darum habe ich das Schließfach gemietet, denn zuvor gehörte mir nie etwas Wertvolles. Eigentlich sollte es ein Bankschließfach sein, aber ich hatte keinen Ausweis dabei. Na ja, das hat sich dann auch schnell erledigt, denn Papa hat einen finanziellen Engpass, und darum musste ich die Münzen wieder verkaufen. Darum ist das Schließfach leer. - Warum ist das wichtig, Antje?«

»Der Schlüssel ist im Zusammenhang mit einer Ermittlung wieder aufgetaucht«, erklärte sie in bestem Amtsdeutsch. »Ich melde mich bei dir, falls es noch weitere Fragen gibt.«

Mit diesen Worten beendete sie das Telefonat. Roland hatte den kurzen Wortwechsel mitbekommen. Er schaute seine Kollegin prüfend an: »Du hältst Dirk für unschuldig?«

»Und wie sieht es mit dir aus?«, wollte sie wissen. Der Kommissar machte eine unbestimmte Handbewegung: »Natalie könnte ihm den Schlüssel geklaut haben, als die beiden noch zusammen waren. Und es wäre theoretisch möglich, dass sie an ihrem freien Tag nach Saarbrücken gefahren ist, um Dirk in die Pfanne zu hauen.«

Roland wollte noch mehr sagen, aber nun klingelte das Telefon. Antje nahm den Anruf entgegen. Voss vom kriminaltechnischen Labor war am Apparat: »Ich habe eine gute Nachricht, Frau Fedder. Es ist mir gelungen, die DNA auf den Klebestreifen der Briefumschläge nachzuweisen. Sie stammt von einer weiblichen Person, so viel steht fest. Wenn Sie mir eine Vergleichsprobe beschaffen, können wir die betreffende Dame eindeutig identifizieren.«

Die Kommissarin bedankte sich überschwänglich und legte den Hörer auf. Roland lächelte ihr zu und sagte: »Deine kriminalistische Spürnase hat dich auf die richtige Spur gebracht, schätze ich. - Dann werden wir jetzt wohl noch einmal zur Strandbude gehen müssen.«

»Ja, und zwar umgehend«, erwiderte Antje.

*

Auf dem Weg dorthin schauten die Polizisten erneut bei Bodo Sprakel vorbei. Er hatte inzwischen seinen Morgenkaffee gehabt, war geduscht und vollständig bekleidet. Doch als er hörte, aus welchem Grund er die Kommissare begleiten sollte, machte er ein ziemlich langes Gesicht: »Ihr wollt meine einzige Angestellte festnehmen? Das kann doch nur ein schlechter Scherz sein!«

»Falls unser Verdacht sich als falsch erweist, ist Natalie innerhalb einer Stunde wieder auf freiem Fuß«, versicherte Antje, »doch wenn wir recht haben, dann willst du gewiss nicht weiter mit ihr zusammenarbeiten.«

Der Budenbesitzer nickte. Er wusste ja, dass die Kommissare in einem Tötungsdelikt ermittelten. Die Aussicht, eine Mordverdächtige in seinem Kiosk zu haben, gefiel ihm gewiss nicht. Schweigend begleitete Sprakel die Polizisten zum Strand. Dort hatte Natalie gerade alle Hände voll zu tun. Vor der Bude hatte sich eine Warteschlange gebildet, obwohl die junge Frau die Wünsche ihrer Kunden zügig abarbeitete. Antje und Roland warteten, bis sich die Reihen ein wenig gelichtet hatten. Natürlich bemerkte Natalie, dass auch Sprakel erschienen war.

»Sie sind heute früh dran, Chef!«, bemerkte sie lächelnd und augenzwinkernd. Sprakel erwiderte nichts, er fühlte sich offensichtlich nicht besonders wohl in seiner Haut. Und was war mit Natalie? Ob sie wirklich nicht ahnte, was gleich geschehen würde? Antje hatte schon öfter Kriminelle erlebt, die sich buchstäblich für unangreifbar hielten – und dann aus allen Wolken fielen, wenn man ihnen ihre Taten nachweisen konnte. Vielleicht traf dies ja auch auf diese junge Frau zu.

»Wir müssen Sie bitten, uns zur Wache zu begleiten«, sagte Antje förmlich. Sie behielt die Hände der Verdächtigen im Auge. In der Bude hantierte Natalie gelegentlich mit einem Messer, um beispielsweise Packungen aufzuschneiden. Die Polizistin achtete darauf, dass sie nicht nach einem gefährlichen Gegenstand greifen konnte.

»Bis zum Feierabend ist es noch lange hin«, erwiderte Natalie mit scheinbarer Unbekümmertheit.

»Du darfst sofort mit den Beamten gehen«, sagte Sprakel mit metallisch klingender Stimme. Er versteckte sich halb hinter Rolands Rücken.

»Wie Sie meinen«, gab Natalie schulterzuckend zurück. Sie verließ den Kiosk.

»Ich muss dich durchsuchen«, kündigte Antje an. Natalie warf ihr einen kalten Blick zu. Spätestens in diesem Moment schien sie begriffen zu haben, dass es eng für sie wurde. Immerhin leistete sie keinen Widerstand. Die Kommissarin konnte in ihren Taschen weder ein Messer noch andere Dinge entdecken, mit denen sie Menschen verletzen konnte. Und da Natalie sich nicht aggressiv verhielt, verzichteten die Beamten darauf, ihr Handschellen anzulegen. Auf dem Weg zur Polizeistation gab Natalie sich so locker, als ob sie einen Spaziergang mit Freunden machen würde. Im Wachlokal forderte Antje die Verdächtige zum Platznehmen auf.

»Sie stehen im Verdacht, Sönke Nieburg getötet und einen Mordversuch an Paula Brune unternommen zu haben«, sagte die Polizistin. »Sie können die Aussage verweigern, müssen sich nicht selbst belasten und können einen Rechtsbeistand hinzuziehen.«

Natalie schüttelte den Kopf: »Ich brauche keinen Anwalt, weil ich nichts Böses getan habe.«

Roland hatte bereits ein DNA-Set aus dem Tatortkoffer geholt.

»Wenn das so ist, dann können Sie uns ja getrost eine Speichelprobe geben«, meinte er, »damit lässt sich nämlich zweifelsfrei nachweisen, wer die beiden Briefumschläge an Herrn Nieburg und Frau Brune versandfertig gemacht hat.«

Natalie wirkte verblüfft. Damit hatte sie offenbar nicht gerechnet, obwohl sie sich ansonsten mit dem Mord und dessen Vertuschung so große Mühe gegeben hatte.

»D-das möchte ich nicht«, stammelte sie.

»Wie Sie wünschen – dann holen wir uns eben einen Gerichtsbeschluss für den DNA-Abgleich«, begann Roland, doch Natalie fiel ihm ins Wort: »Es tut mir nur leid, dass Paula noch lebt!«

Ihr Gesichtsausdruck hatte sich schlagartig verändert. Während sie eben noch wie die Unschuld vom Land gewirkt hatte, machte sie nun einen finsteren und entschlossenen Eindruck. Vermutlich war ihr bewusst geworden, dass Leugnen keinen Sinn mehr hatte. Und es sah nicht danach aus, als ob sie Schuldgefühle hätte oder gar Reue empfinden würde.

»Also geben Sie die beiden Taten zu, die Ihnen zur Last gelegt werden?«, vergewisserte die Kommissarin sich.

»Ja, verdammt! Und ich würde es wieder tun. Jetzt ist alles so … sinnlos. Leo wird weiterhin unter Paulas Fuchtel stehen. Ich muss ins Gefängnis, und sein liebes Schwesterherz impft ihm garantiert ein, was für ein furchtbarer Mensch ich sei. Dabei habe ich es aus Liebe getan!«

»Das sollten Sie uns näher erläutern«, forderte Antje.

»Ich bin bis über beide Ohren in Leo verliebt, er ist mein Seelenverwandter«, begann Natalie. Nach kurzem Zögern fuhr sie fort: »Aber seine Schwester, dieser Drachen, gönnt ihm sein Glück nicht. Paula will ihn rund um die Uhr kontrollieren und ihm ihren Willen aufzwingen. Da ist es doch kein Wunder, dass er unsere Liebe zunächst geheim halten wollte. Paula hätte schon einen Weg gefunden, um uns auseinanderzubringen.«

»Dass Sie Paula Brune nicht mögen, ist uns nun bewusst«, sagte Roland, »aber warum musste Sönke Nieburg sterben?«

»Nieburg und Paula zogen an einem Strang, beide wollten Leo klein halten«, behauptete die Mörderin. »Weder der Alte noch die Schwester haben sein Musiktalent erkannt oder gar gefördert. Nieburg hatte die Macht, weil er reich war. Ohne ihn wäre Paula nur halb so gefährlich gewesen. Aber das Sicherste war natürlich, beide zu beseitigen.«

Antje konnte nur innerlich den Kopf schütteln. Ihrer Meinung nach hatte Natalie Gramberg sich weit von der Realität entfernt, sie lebte offenbar in einer Traumwelt. Ihre Liebe zu Leo mochte durchaus echt sein – aber sie hatte zu tödlichen Fehlern geführt.

»Ihr Freund ist volljährig, er hätte jederzeit seine Familie hinter sich lassen können«, gab der Kommissar zu bedenken. Die Täterin schüttelte den Kopf: »Glauben Sie das wirklich? Sie haben keine Ahnung von diesen Leuten. Leo war hundertprozentig abhängig von ihnen. Die Verbindung zu ihnen musste gekappt werden – und zwar mit Gewalt.«

Natalie ließ offenbar keine andere Meinung neben ihrer eigenen zu. Das Geschehene konnte ohnehin nicht mehr rückgängig gemacht werden. Antje wollte noch einige andere Dinge klären: »Und warum haben Sie sich so viel Mühe gegeben, den Verdacht auf Dirk Lake zu lenken?«

»Dieser Kerl ist unwürdig, er hat mich abserviert!«, gab Natalie hasserfüllt zurück. »Dafür musste er büßen. Und als ich mitbekommen habe, dass sein Vater Schulden hat und auf den Ferienhausverkauf hofft, war auch gleich ein überzeugendes Motiv für den Mord da.«

»Haben Sie deshalb den Schlüssel zum Schließfach geklaut?«, fragte Roland direkt.

»Sie werden lachen, aber ich habe das Ding nur versehentlich eingesteckt, schon vor Wochen«, behauptete Natalie. »Als ich den Schlüssel wiederfand, erschien es mir als ein Wink des Schicksals. Ich hatte gelesen, wie Menschen durch Giftbriefe gestorben sind. Aber ich dachte mir, dass ein gieriger alter Kerl wie Nieburg nicht einfach in einen leeren Umschlag greifen würde. Also tat ich den Schlüssel hinein. Und das hat ja auch geklappt.«

Auf ihren Lippen erschien ein böses kleines Lächeln. Antje hatte die Nase voll von diesem selbstgerechten Biest, das sie zuerst so sympathisch gefunden hatte. Die Kommissarin wollte nur noch eine Sache wissen: »Und wo haben Sie sich das Gift beschafft?«

»Im *Darknet*. Da kriegt man alles, was man braucht«, lautete die Antwort. Während der Vernehmung hatte Antje mitgeschrieben. Nun druckte sie das Verhörprotokoll aus. Die Mörderin unterschrieb es, nachdem sie es durchgelesen hatte. Dabei wirkte sie so teilnahmslos, als ob es um eine unwichtige Formalität ging.

»Sie übernachten in unserer Arrestzelle«, erklärte Roland. »Morgen werden Sie aufs Festland gebracht, wo ein Richter über die Verhängung von Untersuchungshaft entscheiden wird.«

Natalie zeigte keine Reaktion, als er sie einsperrte. Er kehrte zu Antje zurück und sagte: »Mach bitte nicht so ein betrübtes Gesicht. Jetzt kommt doch das Beste an diesem Fall.«

»Nämlich was genau?«, fragte die Polizistin.

»Du darfst unserer Bürgermeisterin persönlich berichten, dass auf der Insel keine Mörderin mehr frei herumläuft«, antwortete er.

»Ich kann es kaum abwarten«, versicherte Antje. Und dann brachen beide in ein befreiendes Lachen aus.

ENDE

Ostfrieslandkrimi-Empfehlungen des Klarant Verlages

Lernen Sie auch die anderen Bücher der Ostfrieslandkrimi-Serie »**Witte und Fedder ermitteln**« von **Sina Jorritsma** kennen:

Die Kommissarin Antje Fedder ist ein waschechtes Juister Inselkind. Sie kennt ihr Heimat-Eiland wie ihre Westentasche. Als zurückhaltende Norddeutsche hat sie anfangs so ihre Probleme mit der charmanten und unbeschwerten Art ihres zugezogenen Kollegen Roland Witte. Doch Gegensätze ziehen sich bekanntlich an, und die beiden Polizisten lösen auf der kleinen Insel auch die kniffligsten Krimirätsel. Auch Antjes Vater Tjark Fedder steht ihnen mit Rat und Tat zur Seite, denn der Gastwirt schnappt viele Informationen auf. Nur die übereifrige Bürgermeisterin Silke Meester erschwert den Ermittlern oft die Arbeit.

In der Serie sind bereits folgende Ostfrieslandkrimis erschienen:

»Juister Herzen«, Band 1
Taschenbuch-ISBN: 978-3-95573-911-9
eBook-ISBN: 978-3-95573-912-6

Ein mysteriöser Todesfall versetzt die ostfriesische Insel Juist in Aufruhr. Im Bett einer Ferienwohnung liegt die Leiche einer jungen Frau. Doch weder sind äußere Verletzungen erkennbar, noch wohnte Diana Schröder in der Unterkunft, in der sie allem Anschein nach starb. Die Inselkommissare Antje Fedder und Roland Witte nehmen die Ermittlungen auf, und schnell finden sie heraus: Die Ferienwohnung wird von einer Selbsthilfegruppe gemietet, deren Mitglieder ihre große Liebe verloren haben. Juister Herzen nennt sich die Veranstaltung auf der idyllischen Nordseeinsel, die helfen soll, verletzte Seelen wieder zu heilen. Aber wie kam Diana überhaupt in dieses Bett? Und weshalb trug sie eine Pistole bei sich? Ins Visier der Ermittlungen gerät Clemens Vogt, der Leiter der Selbsthilfegruppe. Die Inselkommissare bezweifeln seine guten Absichten und stoßen schließlich doch auf eine überraschende Verbindung zwischen den Juister Herzen und der Toten ...

»Juister Düfte«, Band 2
Taschenbuch-ISBN: 978-3-95573-957-7
eBook-ISBN: 978-3-95573-958-4

»Juister Reiter«, Band 3
Taschenbuch-ISBN: 978-3-96586-027-8
eBook-ISBN: 978-3-96586-028-5

»Juister Taucher«, Band 4
Taschenbuch-ISBN: 978-3-96586-088-9
eBook-ISBN: 978-3-96586-089-6

»Juister Düne«, Band 5
Taschenbuch-ISBN: 978-3-96586-126-8
eBook-ISBN: 978-3-96586-127-5

»Juister Hochzeit«, Band 6
Taschenbuch-ISBN: 978-3-96586-176-3
eBook-ISBN: 978-3-96586-177-0

»Juister Lüge«, Band 7
Taschenbuch-ISBN: 978-3-96586-217-3
eBook-ISBN: 978-3-96586-218-0

»Juister Perlen«, Band 8
Taschenbuch-ISBN: 978-3-96586-267-8
eBook-ISBN: 978-3-96586-268-5

»Juister Zeuge«, Band 9
Taschenbuch-ISBN: 978-3-96586-307-1
eBook-ISBN: 978-3-96586-308-8

»Juister Clown«, Band 10
Taschenbuch-ISBN: 978-3-96586-358-3
eBook-ISBN: 978-3-96586-359-0

»Juister Chor«, Band 11
Taschenbuch-ISBN: 978-3-96586-434-4
eBook-ISBN: 978-3-96586-435-1

»Juister Party«, Band 12
Taschenbuch-ISBN: 978-3-96586-471-9
eBook-ISBN: 978-3-96586-472-6

»Juister Wein«, Band 13
Taschenbuch-ISBN: 978-3-96586-522-8
eBook-ISBN: 978-3-96586-523-5

»Juister Hexe«, Band 14
Taschenbuch-ISBN: 978-3-96586-564-8
eBook-ISBN: 978-3-96586-565-5

»Juister Seestern«, Band 15
Taschenbuch-ISBN: 978-3-96586-607-2
eBook-ISBN: 978-3-96586-608-9

»Juister Maler«, Band 16
Taschenbuch-ISBN: 978-3-96586-631-7
eBook-ISBN: 978-3-96586-632-4

»Juister Onkel«, Band 17
Taschenbuch-ISBN: 978-3-96586-722-2
eBook-ISBN: 978-3-96586-723-9

»Juister Haken«, Band 18
Taschenbuch-ISBN: 978-3-96586-761-1
eBook-ISBN: 978-3-96586-762-8

»Juister Feuer«, Band 19
Taschenbuch-ISBN: 978-3-96586-779-6
eBook-ISBN: 978-3-96586-780-2

»Juister Brief«, Band 20
Taschenbuch-ISBN: 978-3-96586-805-2
eBook-ISBN: 978-3-96586-806-9

Klarant Verlag

Lernen Sie die Ostfrieslandkrimi-Titel des Klarant Verlages kennen und besuchen Sie uns im Internet unter:

www.ostfrieslandkrimi.de

und

www.klarant.de

Sie können dort Näheres über unsere Autorinnen und Autoren erfahren, viele weitere interessante Bücher und eBooks finden und Leseproben herunterladen. Mit dem kostenlosen Newsletter auf

www.ostfrieslandkrimi-lesen.de

erhalten Sie aktuelle Informationen rund um das Verlagsprogramm, wie beispielsweise spannende Neuerscheinungen und Gewinnspiele.